TODOS ÍBAMOS A SER ROCKEROS Y OTROS CUENTOS

Claudio Naranjo Vila

TODOS ÍBAMOS A SER ROCKEROS Y OTROS CUENTOS

PRIMERA EDICIÓN
Mayo 2021

Editado por Aguja Literaria
Noruega 6655, dpto. 132
Las Condes - Santiago de Chile
Fono fijo: 56 - 227896753
E-Mail: contacto@agujaliteraria.com
www.agujaliteraria.com
Facebook: Aguja Literaria
Instagram @agujaliteraria

ISBN
9789566039846

Nº INSCRIPCIÓN:
2021-A-4015

TAPAS:
Imagen de portada: Carla Guerra Villar
Diseño de tapas: Josefina Gaete Silva

A mis padres

ÍNDICE

*La música empieza
donde se acaban las palabras.*
E. T. A. Hoffmann

*La escritura es originalmente
el lenguaje del ausente.*
Sigmund Freud

I

Todos íbamos a ser *rockeros*

Al llegar para instalar los instrumentos, no sabíamos que esa noche, a raíz de un acuerdo del cual no fuimos parte, después de nosotros tocaba una banda llamada Los Fiskales. Mientras cargaba algunas cajas de cerveza, uno de los empleados nos advirtió de su música *punk-rock* algo violenta y, al percatarse de que seríamos sus teloneros, dijo que de seguro habría problemas.

—Yo que ustedes voy a hablar con el administrador para tocar otro día.

Pero aún era temprano y no se divisaba a nadie con el pelo pintado ni envuelto en cadenas; además, nuestro nombre —Los Enemigos del Silencio— bien podía pasar por punk, aunque sonara algo pomposo.

—A los pendejos les puede caer bien que seamos medio viejos y no estemos ni ahí con mantener la imagen de serios y adaptados —dije, haciendo un esfuerzo para pensar como un *outsider*.

Estábamos algo canosos y con nuestras tenidas de Los Beatles en The Cavern, antes de sus trajes de sastre y de que les llegara el éxito que los arruinó para siempre, creíamos irradiar un espíritu rebelde. Claro que había otras referencias, como Los Rolling Stones, que con sus setenta y tantos encima seguían tocando. Pero ellos no estaban y nosotros sí.

Cada uno tomó su arma de combate: Guillermo, la batería; Cristián y Mauricio, sus guitarras; y yo, el bajo. No estábamos todos para entrar los equipos —faltaba el Guatón Vargas—, así que el teclado quedó en el Kleinbus. Nadie sabía cómo ubicarlo ni nada sobre él, aparte de lo que había querido contarnos. Cristián preguntó si el Guatón sabía que íbamos a tocar de teloneros, más encima de una banda punk.

—Este huevón nos metió en el medio tete. Puede que también te haya cagado con algo de plata cuando fue a hablar con el administrador.

Si hablamos de la noche memorable de nuestra presentación en el ambiente musical, no es posible hacerlo sin mencionar al Guatón Vargas. Cristián no lo tragaba, pero no todos pensábamos lo mismo. Con el Guatón no había punto medio: o era considerado un visionario o un completo charlatán. Recuerdo la noche sentados en Las Lanzas, un bar de la plaza Ñuñoa que vivía del esplendor de tiempos pasados, cuando dijo que se le había ocurrido primero la idea de anteponer canciones de otros grupos como citas musicales a los temas propios. Se lo comentó a los Mal Corazón, a quienes les echaba una mano con los arreglos de su primer disco, y entonces apareció *Fue* de los Soda como introducción a uno de sus temas. La idea no tenía nada de novedosa, sabíamos que Oasis empezaba sus conciertos con *I am the walrus*, y que Jim Morrison recitaba sus poemas antes de cantar. Nos reímos un poco, pero a Cristián no le causó gracia y se levantó de su asiento.

—¡Hasta cuándo te venís a reír de nosotros, guatón culiao! —Lo tomó de la camisa y dio vuelta su vaso al estirarse sobre la mesa.

El Guatón se paró, yo estaba sentado a su lado y también me puse de pie, tomándolo de los brazos para contenerlo, mientras Guillermo se llevaba a Cristián para afuera. Se alejó diciendo que le iba a sacar la chucha por mentiroso y embaucador. Pensé que en el fondo Cristián seguía resentido porque de nuevo lo pusimos de segunda guitarra, alegando que le bajábamos el volumen para que no se escuchara, todo porque le gustaba tocar entrecortado, fuerte y algo *country* como a Lou Reed.

Por un momento se hizo el silencio en las otras mesas, seguro esperando a que alguien se fuera a las manos. El Guatón no dejó pasar la ocasión y, algo más calmado, me pidió que lo soltara y luego giró su enorme cuerpo hacia quienes nos miraban.

—Gracias, gracias. —Sonrió y levantó los brazos como frente a una ovación—. Ojalá les haya gustado nuestra *performance*, a veces hay que hacer cosas así para captar la atención de la gente. Voy a presentarles a la banda… Los Enemigos del Silencio… que pronto estará tocando en… ¿cómo se llama la disco esa que está cruzando la calle?

—La Batuta —dijo alguien en una de las mesas que, de un momento a otro, se habían convertido en nuestro público.

—Eso, en La Batuta. Así que estén atentos a los afiches y no se lo pierdan. Los chicos tocan de miedo.

Apuntó hacia donde estábamos Mauricio y yo, no nos quedó otra que saludar con una sonrisa.

Algunos aplaudieron, luego volvió la conversación a las mesas y se olvidaron de nosotros.

—¿Qué es eso de Los Enemigos del Silencio? —pregunté.

—Un nombre, nada más. —El Guatón Vargas se encogió de hombros—. Era una sugerencia, si quieren lo cambian, nadie se va a acordar.

No cambiamos el nombre con que nos bautizó esa noche, en ausencia de Guillermo y Cristián, quienes seguían afuera y no nos lo perdonaron con tanta facilidad.

El Guatón llegaba de otra noche en Las Lanzas, cuando con Mauricio nos bajó la nostalgia y quisimos regresar a los barrios de nuestra juventud. El mozo llevó el mismo jarro de borgoña con duraznos de años atrás. El matrimonio de Mauricio tambaleaba y ahogábamos por un rato sus penas. También tenía mis dramas personales, pero no creía que hablando de ellos se solucionaran. Me estaba separando por tercera vez y guardaba el terrible presentimiento de que las minas habían estado más enamoradas de mi cuenta corriente que de mí.

Mauricio había sido nuestra primera guitarra, un tipo dócil que podías dejar sentado en la barra del bar y pasarlo a buscar cuando la función estaba por empezar. Entonces se acomodaba su Fender y nada más existía, solo le importaba sacar lágrimas a las cuerdas lo más fuerte que pudiera. Pero con él ya no hablábamos de música, esas cosas se habían perdido en el tiempo. Si por efectos del alcohol, la amistad o la equívoca memoria los recuerdos nos empujaban hacia allá, nos quedábamos callados un rato y después continuábamos la conversación en otra cosa.

Aburrido de escuchar sus quejas y sentirme llamado a lamer sus heridas, me puse a observar las otras mesas. Los tubos fosforescentes iluminaban a oficinistas con la corbata suelta, niños disfrazados de *hippies* y góticos inaugurando la noche. En el espejo sobre la barra del bar, sentado cerca del baño, contemplé a un gordo con el pelo largo alrededor de la cabeza calva, sacaba un acordeón de su estuche. No había visto uno de esos instrumentos desde que estaba en la universidad y a veces iba con mis compañeros a las tanguerías de la calle San Pablo. Después de repasar un rato las teclas, hizo el intento de tocar un tema.

—Ayer Ingrid se llevó a los niños a la casa de su mamá —decía Mauricio, pero no le prestaba atención.

El gordo tocaba sin preocuparse de nadie alrededor, cambiando de una canción a otra sin respetar la nota de base. A la segunda vuelta sobre la misma melodía, entendí que intentaba sacar *Hello, goodbye*. Era la oportunidad para que Mauricio no empezara otra ronda de lamentos. Después de terminar con McCartney, se puso a jugar con escalas básicas, así que fui a su mesa y lo halagué por el tema, invitándolo a tomar un trago con nosotros. Aceptó y pedimos dos jarros más de borgoña.

—No está mal para ser la primera vez que toco uno de estos. —Hundió los dedos en el fondo del vaso, volvieron con trozos de durazno que se llevó a la boca—. Lo compré hace años en un remate y nunca lo saqué de su estuche, hasta ahora.

Esa noche nos contó que era tecladista, lo abandonó después de humillarse durante años tocando para músicos que jamás reconocieron su talento.

—A Lucybell nunca le perdonaré que no me haya incluido en los créditos de su primer disco. —Se pasó la mano por los mechones blancos para peinarlos hacia atrás.

Nosotros, un poco ebrios, nos dejamos llevar y hablamos de Los Nuevos Extremeños. Entusiasmados le contamos de los festivales de colegio en los que participamos, de una gira por el sur que a última hora se canceló. Y eso. No había más que decir sobre nosotros, ni reportajes ni discos ni nada, desde entonces hasta ese momento había un gran vacío.

—Es lo que siempre les digo a los chicos indecisos: ¿por qué creen que tienen que llenar papeles y más papeles sentados en un escritorio de por vida?

Su descarnada honestidad me tomó por sorpresa. En el fondo, tenía razón, pero había deudas que pagar y horarios de trabajo que cumplir. Aunque era cierto que estaba harto de levantarme temprano para ir a la consulta, después llegar a la casa y rabiar con los hijos, cuando en realidad podía ir olvidándome de las obligaciones por las cuales abandoné el camino. Por lo demás, los cabros ya estaban hediondos y peludos, me tomaban en cuenta solo para pedirme plata.

—Compadres, si ustedes quieren volver a tocar —golpeó con la mano la mesa—, ¿por qué se hacen tantos problemas?

Hacía tiempo que soñaba con juntar de nuevo a la banda. A esos muchachos algo envejecidos que salían de sus trabajos, ebrios en algún bar o sacando guata frente a la tele, encontrarlos uno a uno y decirles que no tenían que seguir viviendo así, que todos tomáramos nuestros instrumentos y nos reincorporáramos al sonido eterno. Porque íbamos a ser de nuevo *rockeros*, aunque durara una sola canción y se nos fuera la vida en ello.

Volvió a aparecer la imagen de lo maravilloso que habría sido ir de ciudad en ciudad componiendo canciones en las piezas de hotel, dando fiestas con las *groupies* después de los conciertos, viviendo la vida que nos fue prometida y que forzosamente dejamos de lado. Decirle al público cuando miráramos para abajo: "Chicos, aquí estamos. Un poco carreteados quizá, los años no pasaron en vano, pero nadie nos pudo quitar las ganas de incendiar sus oídos hasta la madrugada".

Bueno, porque aún quería esas cosas era que me hacía tantos problemas. Recordé cuando estaba por salir del colegio y le dije a mi padre en una sobremesa que quería estudiar Música.

—¡No te voy a estar manteniendo cuando no encuentres pega en ninguna parte y te estés cagando de hambre! —Golpeó la mesa con el puño—. Aquí el que no estudia algo de verdad se me pone a trabajar altiro —sentenció, dando por concluido el tema.

Para rematarla, a los pocos días de rendir la Prueba de Aptitud me llevó a la casa de un amigo suyo que era médico. En el tercer piso de la inmensa casona tenía su propio estudio de grabación con varias guitarras, bajo, batería y un piano.

—¿Sabes cómo logré tener todo esto? —preguntó, sin esperar una respuesta—. Primero trabajé en algo que diera plata y después me dediqué a la música.

Lo suyo no era el *rock,* sino el *jazz,* que en el fondo era un tipo de música orquestada hecha para viejos que no tenían necesidad de arriesgar nada.

Del Guatón Vargas nos despedimos en la calle y lo abrazamos, acordando desempolvar los instrumentos y volver a tocar.

—Nunca tuvimos un tecladista, pensamos que sería bueno incorporar nuevos sonidos a las cuerdas —dije, congraciándolo.

Le dimos nuestras tarjetas, las miró con incredulidad a la luz del foco de la calle y quedó en llamarnos, iría a ensayar adonde fuera que dijéramos.

El fin de semana siguiente, Cristián nos invitó a un asado en su casa. Con Mauricio llevamos nuestras guitarras acústicas. Dejamos la carne asando, a la esposa de Cristián y a la polola nueva de Guillermo preparando las ensaladas y nos sentamos bajo la sombra de unos damascos. Después de varias cervezas hablamos de lo que tanto habíamos negado hasta entonces: ¿alguno de nosotros había compuesto nuevas canciones? ¿Qué tal si hacíamos la prueba de tocar algunos de nuestros antiguos temas? Dije que, por mi parte, nada había cambiado, era cosa de salir de la consulta para que empezara a pensar en notas y melodías. Hablamos del Guatón Vargas. Con Mauricio exageramos sus virtudes, Cristián y Guillermo no dijeron nada. Quizá tenían razón y el silencio era señal de que se trataba de una gran huevada, solo un montón de viejos nostálgicos recordando un grupo del colegio que se terminó al entrar a la universidad. De todos modos, después de comer —como un gesto amable de darnos en el gusto— Cristián llevó una guitarra, Guillermo sacó un bongó de la maleta del auto y nosotros fuimos a buscar nuestras seis cuerdas para hacer una sesión *unplugged*. Sonábamos mal y nos deteníamos a cada rato para ponernos de acuerdo en los tiempos y la nota de base. De a poco fuimos entrando en calor. Cuando oscureció, las mujeres y los hijos entraron a la casa y nosotros, como antes, fuimos a comprar más cervezas y tocamos bajo las estrellas hasta la madrugada.

Empezamos a reunirnos por las tardes después del trabajo en la casa de Mauricio, llenábamos el vacío que dejaron Ingrid y los niños. El Guatón Vargas se dejó caer y en silencio nos seguía desde un rincón con su teclado Yamaha. A ratos perdíamos la mística, los temas no prosperaban, por más que el Guatón ayudara con los arreglos. Entonces recordaban que era el único de nosotros que no era amigo desde el colegio, un extraño al cual no podíamos hacerle tanto caso, así ganaba terreno la idea de Cristián: solo grabar un demo y pagar en una radio para que lo tocaran, oponiéndose a la visión del Guatón de hacer un *live concert*, porque no iba a llevarnos a ninguna parte y solo podía traernos problemas.

—No calzamos ni con la nueva ola ni con el *hip-hop* ni con el *trap* ni con nada —decía Cristián—, vamos a terminar haciendo el perfecto ridículo.

Una tarde en que nos mirábamos las caras largas a falta de inspiración, Guillermo tocó el timbre para que fuéramos a la calle, tenía algo que mostrarnos. Cuando íbamos saliendo entonó con la bocina el tema *La cucaracha*. No lo podíamos creer, estaba sentado al volante de un auténtico Kleinbus. Tenía pintado un signo de la paz sobre el logotipo Volkswagen y flores de colores a los costados.

—El antiguo dueño se vino manejando desde San Francisco. Con el dolor de su alma, me lo vendió para salir de sus deudas.

Fuimos a comprar más cervezas, tocando la bocina con el estéreo a todo dar. Lo estábamos pasando muy bien, aunque pareciéramos personajes sacados de una mala película gringa, pero que todos alguna vez habíamos visto.

—No nos daremos ni cuenta cuando vayamos manejando y toquen uno de nuestros temas —dijo Guillermo.

Después de esa sobredosis de optimismo, grabamos un demo con dos canciones. A Guillermo, que era mejor parecido y bueno para convencer, le encargamos que fuera a hablar a la televisión, a ver si podíamos aparecer en algún matinal u otro programa de poca monta para dueñas de casa o cesantes, pero que servirían para lanzarnos al estrellato. Veía los titulares en los diarios:

Los genios que escondió el rock latino

Abandonan éxito profesional para dedicarse al rock

En la tele bastó que preguntaran nuestra edad para jubilarnos antes de tiempo. Lo mismo en los sellos, aunque el *boom* del *rock* en tu idioma hubiera vuelto. Entonces llegó la noche de cervezas y borgoñas en Las Lanzas, cuando el Guatón y Cristián casi se fueron a las manos, la noche memorable en que nos devolvió la confianza y, de pasada, nos presentó en sociedad.

—Compadres, si ustedes de verdad quieren tocar, ¿por qué les importa tanto hacerlo para otras personas? ¿Por qué no lo hacen solo para ustedes mismos? —Nos miró a Mauricio y a mí, agitándose en su asiento y levantando los brazos igual que un profeta.

Como siempre, tenía toda la razón del mundo. Si era algo que en realidad queríamos hacer, no habría nadie capaz de impedirlo. Después agachó la cabeza y bajó la voz, como si fuera a revelar un gran secreto. Tuvimos que acercarnos más a la mesa.

—Tienen que partir de abajo, sin recurrir a la posición social que algunos de ustedes han alcanzado, eso mata el *rock*. Toquen primero en locales chicos, que la gente los conozca, para que después lleguen triunfantes a los sellos musicales con su carpeta bajo el brazo, refregándoles en la cara a esos cabrones los afiches y recortes de diarios con sus presentaciones.

—Este huevón nos metió en el medio tete. Puede que también te haya cagado con algo de plata cuando fue a hablar con el administrador.

Al entrar a La Batuta, vimos que el Guatón Vargas estaba sentado de lo más tranquilo en la barra y fumándose un cigarrillo. Cristián tuvo que tragarse sus palabras. Nos saludó y luego echamos un vistazo alrededor. Cerca del bar había una escalera para bajar a la pista de baile y más allá el escenario. En las paredes se veían las cajas de huevo para el retumbar del sonido y los tarros de leche mal pintados como focos. Era triste el lugar vacío y con las luces encendidas, pero hice el esfuerzo de imaginarlo lleno de gente.

—En un par de horas tendremos a un montón de chiquillos exaltados, rogándonos que repitamos las canciones —le dije a Cristián.

—Mira, con tal que toquemos bien y no nos bajen del escenario, me doy por satisfecho.

Antes de que se escondiera el sol tuvimos todo acomodado. En un momento me acordé de un seminario de cardiología al cual debía asistir en Casa Piedra a la mañana siguiente. A la cresta. Pensé que había estudiado y trabajado lo suficiente para empezar a hacer lo que quisiera.

Al rato hicieron su entrada Los Fiskales. Los tres jóvenes, en cueros negros desgastados, chaquetas probablemente heredadas de sus padres o abuelos, nos miraron entre curiosos y burlones. En la puerta los esperaba un séquito de jóvenes vestidos a su semejanza. Dejaron sus instrumentos apilados en un rincón y se fueron sin hacer prueba de sonido.

De madrugada cortaron la música envasada, prendieron unas pocas luces y los chicos se acercaron de forma automática al escenario. Había gente por todas partes: se empujaban frente a la barra del bar, se apoyaban en las barandas sobre la pista de baile y quienes estaban afuera del local se apretujaron en la escalera. Casi todos llevaban el pelo pintado y vestían de cuero. Era esperable que algunos se rieran de nuestra edad, de los copos modelados con gomina y los cueros ajustados. Nos habíamos ocultado gran parte de la noche en el Kleinbus, fumando yerba y repasando algunos temas con las guitarras acústicas, solo entramos un poco antes para tomarnos una cerveza.

—Se equivocaron de lugar —dijo uno de ellos—, aquí no es el concurso del doble de Elvis.

No los dejamos seguir. Nos abrimos paso hasta el escenario, ajustamos los instrumentos y aplacamos rápido las risas con nuestro sonido. Retumbó primero la batería y luego hicimos entrar las guitarras y el bajo. Al fin fuimos nosotros convertidos en música que rebotaba en las cajas de huevo y entraba en sus oídos. Le regalé una sonrisa al Guatón Vargas, mientras resbalaba por las cuerdas de mi bajo. Me miró serio. En definitiva tenía muy poca pinta de *rockero*, a pesar de haberse vestido entero de negro (un buzo de *lycra* muy ajustado y una chaqueta *new wave*, con grandes hombreras a lo Bowie, sin respetar la ropa que acordamos usar la noche anterior). Estuvo silencioso, incluso con la yerba que fumamos en el Kleinbus.

Al otro extremo del escenario, delante de la batería, Mauricio y Cristián hacían sus *headbangs* de forma sincrónica. En plena catarsis, frenamos con violencia el sonido, tal como ensayamos. No hubo aplausos, entendimos que con los punks no iba eso de reconocerle al artista su virtud, pero tampoco hubo risas y nos sentimos bien.

De ahí en adelante cualquier recuerdo se torna vago. Si alcanzamos a tocar algo y luego el Guatón nos interrumpió, o si les dije que el próximo tema era en la mayor y después pidió hablar, no sabría decirlo. Lo hemos repasado varias veces y ninguno logra precisarlo. Maldito guatón. Ahí empezó a recitar ese poema interminable. Creo que los punks nunca se han reído tanto ni volverán a reírse así en su vida.

Cuando el Guatón agarró el micrófono, los cabros empezaron a pedir a Los Fiskales.

—En nombre de Los Enemigos del Silencio, antes de continuar quisiera leer un poema. —Sacó un papel de su chaqueta.

—¡Cállate, guatón culiao!

—¡Los Fiskales, viejos de mierda!

Muchas voces se levantaron desde el público. Me llegaron escupos, pero por dignidad no me los limpié.

Todas íbamos a ser reinas,
de cuatro reinos sobre el mar:
Rosalía con Efigenia
y Lucila con Soledad...

El Guatón Vargas recitó alternando su vista entre el público y la hoja. Nos miramos las caras sin entender, por completo descolocados, sin atrevernos a cortar el sonido grave de su voz. Solo deseé que un rayo le cayera encima partiéndole el hocico para detener su maldita voz.

En la tierra seremos reinas
y de verídico reinar,
y siendo grandes nuestro reinos,
llegaremos todas al mar.

Terminó de recitar a la Mistral, apagó su teclado y descendió del escenario, mezclándose entre el público que le abría paso sin tocarlo, igual de sorprendidos que nosotros, hasta que subió por la escalera y se perdió en medio de la multitud.

Desde entonces no lo hemos visto, nadie se tomó el tiempo de buscarlo. Me han contado que en La Batuta todavía está pegado el afiche de promoción de esa noche. Abajo, con letras grandes, le agregaron:

LA NOCHE DE LAS REINAS

Con el baño de escupos y gritos, entré en razón. No quise que Cristián empezara con la lata de que sabía que algo así pasaría y no le hicimos caso. Por lo demás, los cabros allá abajo desconocían que aquello no era parte de nuestro espectáculo, pensé que todavía podíamos sacar algún provecho de la situación. Sacudí a mis compañeros, que seguían paralizados, y a los malditos punks los obligué a tragarse sus carcajadas.

—Así que todos íbamos a ser reinas, ¿eh? —Mi voz fue desafiante en el micrófono.

Eché una mirada a la banda y nos encogimos de hombros.

—¿Seguimos?

—¡Seguimos! —gritó Cristián, y luego le mandó una patada en plena cara a un cabro que intentaba subirse al escenario.

Hundí la uñeta en las cuerdas sin oír, como situado al borde del ruido, y moví los labios sin escuchar mi canto (en realidad, grité más que canté, según me han dicho). En medio de la canción, como un rápido pestañeo, recordé la noche en Las Lanzas con mis amigos, cuando fundamos Los Nuevos Extremeños. El festival del colegio se acercaba y queríamos presentar algo. Las canciones se fueron dibujando claras en nuestras mentes, crecieron aisladas de la música del local, la tele y el ruido de las mesas. Las escribimos sobre servilletas y entonamos las melodías hasta muy tarde. Cuando se acabó la plata para más cervezas, nos despedimos y caminé hacia mi casa por las calles de Ñuñoa. Entonces me vino la idea de que todos los sonidos en el fondo eran notas de una gran canción universal que aún no había sido escrita: una sirena de ambulancia a lo lejos, el correr del viento a través de las hojas, mis pasos sobre el pavimento, un pájaro nocturno. Eran tantos los sonidos por recoger y tantas las canciones que esperaban ser compuestas. La omnipotencia del borracho me hacía pensar en los proyectos musicales: el álbum que terminaríamos antes de fin de año, las canciones que requerían mínimos arreglos, creí fácil encontrar un sello musical. Iba por la calle celebrando esa noche de triunfos que el futuro traería: los pájaros se contestaban de un árbol a otro, el sol todavía no quería salir. No sé si habré metido mucho ruido al llegar a mi casa; iba contento y nada me importaba. Entré a mi pieza y me tendí sobre la cama, mirando como hechizado mis pósteres de *rock stars* con patillas largas y patas de elefante. La última visión que tuve fue mi pieza que, igual que un disco, daba vueltas sin parar.

Mauricio destrozando su guitarra contra el piso me devolvió a la realidad. Aunque encendieron las luces del local y unos guardias empujaron su camino hacia nosotros, fue imposible contener a los cabros que subían por todas partes al escenario. Dejamos los instrumentos abandonados a su suerte y nos abrimos paso a combo limpio.

Entre escupos y patadas, de alguna manera cruzamos el campo de batalla para llegar a la calle. Nos subimos rápido al Kleinbus, Guillermo puso el motor en marcha y partimos a toda carrera dando la vuelta en Irarrázaval y acelerando hacia el oriente de Santiago. Perdimos nuestros instrumentos, la frente de Mauricio sangraba y Cristián se sacó la chaqueta de cuero para verse las costillas; a pesar de todo, estábamos felices.

Desde el volante, Guillermo miró por el espejo retrovisor hacia nosotros, que ya empezábamos a reír y destapar unas cervezas.

—Y eso que todavía nos falta ir a la radio. —Tocó *La cucaracha.*

Fuegos artificiales

No sé para qué mis tíos habrán mandado a mi primo Nacho en bus esta mañana desde Valparaíso, si mis papás están peleados y capaz ni tengamos celebración de Año Nuevo. De todos modos, mi mamá me obligó a venir a recogerlo con ella al terminal de buses.

—¡La máquina de las once cuarenta y cinco horas arribando desde Valparaíso! ¡Procede a su colocación en el andén trece! —dice un caballero por altoparlante.

A mi mamá le recito los números de los andenes hasta que llegamos al trece. La gente saca sus bolsos y mi primo está al lado de la puerta, de la mano del caballero azafato. Se pone a llorar apenas nos ve. El azafato dice que en el camino vomitó y tuvieron que abrir el paquete que traía con la intención de buscar otra muda de ropa, no vaya a pensar mal la señora porque el envoltorio está roto.

—No se preocupe. —Mi mamá mira dentro del paquete que guarda una olla a presión—. Y disculpe a mi sobrino, este crío se marea hasta en los ascensores.

Lo toma en brazos para que no siga llorando. Me da rabia y camino algunos pasos detrás de ellos. Pienso en arrancarme mientras bajamos al metro y regresar solo al departamento, pero no tengo plata. Se está haciendo la guagua y mi mamá le sigue la corriente, más encima me despertó temprano para venir a buscarlo. Me levanté enojado y antes del desayuno me asomé al balcón para escupirle a la gente de la calle. No me arranqué cuando se dieron cuenta de que era yo. Me quedé ahí mismo, riéndome. Sabía que, solo si vencían la flojera de subir al octavo piso, y eso si lograban pasar el portero automático que nada más yo y el señor Vargas podemos abrir, me vería en problemas. Algunos se hacían los tontos, como si nada les hubiera caído. Un señor sacó un pañuelo y se limpió con cuidado para no despeinarse. Otro tomó una piedra de la regadera de los árboles y amenazó con lanzarla, amenaza que respondí con otro escupo porque la piedra tampoco podía subir hasta el octavo.

Esta mañana mi mamá no fue a trabajar en la peluquería que puso con una amiga en los negocios que hay en el primer piso del edificio, todo por venir a buscar a mi primo. Quiere tener harta plata para comprarse un auto igual al de mis tíos; como mi papá no quiere, va a ser de ella nomás. Así podremos echar carrera con otros autos y escupiré cuando los pasemos. Atendió a unas clientas anoche en nuestro baño, pidiéndoles que no dijeran nada para que su amiga no sepa y cobrándoles más barato al trabajar sin boleta. Me fui a ver la tele porque no me gusta el olor a laca. En ese rato mi papá llamó para avisar que llegaría tarde. No quiso hablar con mi mamá para evitar que lo retara. Él también gana más plata ahora. Lo ascendieron a jefe de cajas en la sección K del Banco del Estado, en las oficinas centrales cerca de La Moneda.

Del terminal de buses vamos a ver a mi papá, me quedo dando vueltas en la puerta giratoria hasta que mi mamá se mete para sacarme, alegando que la molesto justo ahora que tiene que llevar el paquete con la olla a presión; salto para salir mientras ella sigue girando. Mi primo no se atreve a meterse en la puerta, casi se pone a llorar de nuevo porque lo dejamos solo afuera del banco, pero se le pasa cuando mi mamá me tironea el pelo.

Venimos a pedirle plata para comprarme la camisa nueva que usaré esta noche, blanca y con el cuello bien duro, como los caballeros. Mis papás no parecen enojados entre ellos, pero sé que solo tengo que esperar que se encuentren en la casa, ahí sí se dicen las cosas de otra manera.

—Hola, gordita, ¡qué grata sorpresa! Llegó el Nacho, ¡qué rico! Nada mejor que celebrar Año Nuevo en familia.

—Hola, mi gordito, vengo por la plata. —Mi mamá pone una de esas sonrisas siempre listas que le he visto al despedirse de sus clientas.

—¿Me prestas un turro de a luca? —Mi papá le habla al Nicolás, su cajero amigo, que antes también le hacía préstamos por debajo del mesón para llegar a fin de mes—. Te lo devuelvo en la tarde cuando hagamos caja.

Recién regresamos de hacer las compras y mi papá llega a almorzar. Al final, mi mamá también le compró una camisa al Nacho, para que no haga escándalos porque me regalaron algo y a él no; además, todavía tenía puesta la polera vomitada.

—¡Es el colmo! —Empieza a decir mi papá—. Camino nueve cuadras desde el trabajo para almorzar con ustedes, llego y resulta que no tienes nada preparado.

Mi mamá lo ignora y se va a otra pieza. Están peleados, anoche llegó curado, pero se hizo el simpático delante de sus amigos del trabajo cuando fuimos a verlo. Pregunta cómo me fue en la escuela y dice que le traiga las tareas que tengo para mañana.

—Pero si estoy de vacaciones…

Solo se hace el choro, jamás me ayuda a hacerlas, se lo deja a mi mamá; salió después que él del liceo y se acuerda mejor de las materias.

Como mi papá está encargado de la revisión de cajas, trabajo que hace en las tardes cuando todos están medio atontados por el calor, su jefe lo deja llegar un poco después de la hora, para que duerma la mona del sol y el almuerzo antes de que se le suba a la cabeza y supervise mejor el conteo de billetes. Después de la siesta se saca la camiseta transpirada, la deja estirada en la ventana y se mete al baño. Aprovecho que el Nacho duerme y no podrá acusarme y le pongo migas de pan encima para que las palomas se la caguen. Sale del baño muy rápido y no alcanzan a posarse, pero al menos no me pilla porque la transpiración apelmaza las migas sobre el algodón.

Bajo a despedirlo al *hall* y me quedo un rato con el señor Vargas. Mi papá le dice don Tongua, que es don Guatón al revés. Además de sus casetes de rancheras, guarda en el mesón de la portería revistas de mujeres piluchas. Me dice que son sus amigas, por eso las colecciona. Las veo sin entender por qué ponen caras medio dormidas, como si estuvieran sufriendo, cuando sacarse la ropa da flojera y frío. Me dice que puedo abrir los pósteres del medio e incluso dar besos a las fotos si quiero, pero todo debajo del mesón, por ningún motivo debo contarle a nadie. Pienso en el hocicón del Nacho, es bueno que el tonto ese duerma siesta y no se me pegotee todo el tiempo, así el señor Vargas nunca se enojará conmigo y me mostrará siempre a sus amigas las piluchas, mientras escuchamos rancheras.

Suena el citófono justo cuando me cuenta que una vez se duchó con una de sus amigas.

—Sí, señora, el niño está aquí conmigo. Que suba de inmediato, sí, señora, yo le digo a su hijo, ¡Hasta luego!… Oye, tu mamá dijo que un primo tuyo despertó y anda preguntando por ti, vas a tener que subir. Y recuerda, no le cuentes a nadie.

No entiendo al señor Vargas, parece mi amigo y después se vuelve un acusete diciéndole a mi mamá dónde estoy, igual que el Nacho.

Subo por la escalera para no llegar tan luego. Me pongo a mear en un rincón, pero con tan mala suerte que aparece el Pancho, ayudante del señor Vargas; me ve y corre a limpiarlo. No me reta y siento algo de pena, no había pensado que alguien después tuviera que hacer el aseo. No le hablo, pero en secreto prometo aguantarme para la próxima y usar el baño, aunque igual sin tirar de la cadena.

El fome del Nacho quiere que me quede con él viendo *Las tortugas ninja*. De pronto me acuerdo de la gorda que vive en el edificio de enfrente, un piso más arriba que nosotros. Antes me asomaba todas las tardes a la ventana para mirarla justo al pasar del baño al dormitorio, sin toalla que la cubriera después de la ducha. Su cuerpo no tenía nada que ver con el de las amigas del señor Vargas: la guata le tapaba el pelo entre las piernas y las pechugas parecían dos globos demasiado inflados y a punto de explotar, donde la parte que parece un huevo frito se había estirado hasta casi desaparecer. Después que cumplí nueve años me olvidé de ella.

Hoy, asomado al balcón, veo que ahora el color de las murallas de ese departamento ha cambiado, también el lugar de los muebles. Ocupa esas ventanas una gente grande, pero también joven, que tiene la mesa del comedor llena de botellas. Como no está la gorda, me pongo a escupir para abajo.

Mi papá vuelve temprano por la tarde, no como anoche, que se fue a tomar con sus compañeros de trabajo después de la celebración del año nuevo en su oficina. Metió harto ruido con la chapa y después tropezó con el sillón blanco al doblar por el pasillo hacia el dormitorio. Escuché el arrastre de las patas metálicas por el *parquet* y supe que había vuelto. Me dormí antes de que empezaran los gritos. Hoy por la mañana, cuando mi mamá me despertó para ir a buscar a mi primo, lo encontré durmiendo en el sillón sin siquiera haberse sacado los zapatos, dejando los cojines cochinos y ganándose el reto matutino. La mesa de centro tembló con los gritos de mi mamá. Sobre ella mi papá colecciona antiguos espejos de mano, los compra en el mercado persa ya viejos y opacos. Es raro tenerlos porque no reflejan, contrario a los que tiene la peluquería de mi mamá, nuevos, grandes y siempre limpios.

—Me recuerdan a mi madre —dijo una vez mi papá—. A veces la acompañaba cuando se pintaba y peinaba frente al espejo.

Después se puso a llorar, estaba un poco curado ese día. Me sentí incómodo y me fui. Bueno, supongo que debe ser una forma de recordar a la gente querida, guardar cosas que se parecen a las que una vez tuvieron. Aunque basta con que uno pase cerca de la alfombra para que los espejos sobre el vidrio se muevan de su sitio.

—Son los listones del *parquet* que están sueltos —le explicó mi papá a don Juano, el gásfiter que vive en el séptimo—, pero igual se las ingenian para andar todos juntos.

Durante un tiempo fue su amigo, de tanto venir a hacernos arreglos. A veces tomaban pílsener en la botillería de abajo, los veía cuando mi mamá me mandaba a buscarlo para que entrara. Don Juano instaló la lámpara de lágrimas del comedor, de tres ampolletas siempre se quema una; cambió el enchufe del equipo cuando se derritió el plástico, pero mi papá tuvo que reinstalarlo porque hacía cortocircuito. De gasfitería no hizo nada. Una vez que mi mamá y yo esperábamos el ascensor, él pasó moviendo su sopapo como una guaripola y le pellizcó el trasero. Ella no le reclamó, conmigo hizo como si nada hubiera pasado. No sé si le habrá contado a mi papá y él se arregló con don Juano. La cosa es que no volvió a hacernos arreglos, justo ahora que iba a pegar el *parquet*.

Mi papá se saca la chaqueta y la corbata, luego entra a la cocina para ayudar a mi mamá con la tapa de la olla a presión, no sabe cómo colocarla para cocer las lentejas. Ella dice que si uno se las come a las doce traen buena suerte en el nuevo año. Se ponen a hablar de lo mala que es la olla de mi tía Julia, hasta que otra vez se hacen amigos.

Suena el citófono y mi primo sale corriendo al pasillo y hacia los ascensores, quiere esperar a sus papitos. Guagualón y patero. Mi tía Julia y mi tío Rubén vienen llegando de Valparaíso, traen su auto cargado con maletas y bolsas como para quedarse un año entero, por eso tuvieron que mandar a mi primo en bus. Esta noche será la primera que lancen fuegos artificiales desde la Torre Entel, vinieron especialmente a verlos. Mi tía Julia dice que los fuegos del puerto son lo mejor que hay en espectáculo y que eso en el mundo entero se sabe, pero igual trajo su enorme guata a nuestro departamento, dejándonos con las ganas de ver los colores abrirse en el cielo desde su casa en el cerro Esperanza, paseo que hacemos cada fin de año.

Mientras preparan la comida, con mi primo Nacho nos vamos a jugar a los pasillos. Cada uno se ubica a un extremo y corremos para patinar sobre el encerado. Al chocarnos, el que cae tres veces seguidas pierde. No alcanzamos a jugar ni una ronda. Sin querer le pego al Nacho en la nariz, encandilado por el brillo del encerado, y se tira al suelo a llorar.

—Tu mamá me dijo que nunca llorabas. No sigas, solo estaba haciendo la prueba.

Solo para cuando lo amenazo con no llevarlo a andar en ascensor.

Después de subir y bajar los diez pisos hasta aburrirnos dejando pasajeros, dándoles el "¡Feliz año nuevo!" por adelantado, el Nacho se va donde su mamá para que lo acueste sin comer. Se tiende sobre la cama de mis papás sollozando porque le pegué, obligándolo a andar por todo el edificio. Así lo cuenta. Me siento mal por haberles hecho el favor a mis tíos de que no los molestara, pudiendo disfrutar un rato tranquilos. Voy a buscar la camisa nueva y entro al baño para vestirme antes de que vengan a retarme.

Cerca de las doce me asomo al balcón. En la Torre Entel todavía no prenden ni las mechas, el anuncio de Aluminio El Mono es el único que veo encendido. Antes creía que el mono se llamaba Aluminio, cuando chico y no había visto las ollas que llevan ese nombre.

Vuelvo al *living* y mi papá me llena una copa de champaña para el esperado brindis, dice que debo aprender a tomar desde joven para que tenga buena cabeza para el trago. Mi mamá intenta frenarlo, pero él no hace caso. Han bebido cinco botellas y hablan con la lengua enredada. Sus argollas de matrimonio burbujean dentro de las copas, para la buena suerte. Mi papá está por empezar su discurso, así que baja el volumen del estéreo donde suenan las cumbias. Tengo ganas de ir a picotear los huesos del pavo, pero me toma del hombro para que me quede a su lado.

—Aunque mi querida madre ya no esté con nosotros —está cabizbajo, pero sonríe—, nuestra familia aún tiene mucha vida por delante. Primero que nada, un salud por mi compadre y mi querida cuñada...

Al levantar demasiado el brazo con la copa, se va de espaldas, cae sobre la mesa de centro y quiebra el grueso vidrio con la cabeza. Varios espejos saltan más allá de la alfombra y se hacen trizas contra el *parquet*. A mi mamá le da un ataque de nervios y grita que se vayan todos de su casa ahora mismo, que se lleven también a ese borracho desgraciado que ha roto su mesa de centro tan cara. Le grita a mi papá en la cara, tirado en el piso con los ojos cerrados, rodeado de pedazos de vidrio. Después empieza a pegarle combos a mi tío en el pecho, pero él no se lo aguanta y le da una sola cachetada que la manda al sillón, donde llora el resto de su rabia.

De a poco se calman y mis tíos levantan a mi papá, que sigue como dormido y sangrando de la cabeza, para llevarlo a la posta. Mi tía Julia se devuelve, me dice que sea bien hombrecito y no me ponga a llorar, y que cuide de mi primo, quien sigue acostado; con lo tonto que es, no se enteró de nada.

Cierran la puerta y empiezo a tomarme los conchos de las copas. Es un gusto amargo, pero a mi papá le gusta. Después agarro de la mesa una botella que todavía tiene licor y salgo al balcón. Aunque no me escuche y no pueda darle el abrazo, quiero decirle que nunca más sacaré malas notas ni pondré migas de pan en su camiseta para que las palomas la caguen, lo defenderé cuando mi mamá lo rete.

En la Torre Entel parte la explosión de luces, allí celebran Año Nuevo. Escucho bocinas, gritos y cumbias por todos lados. Los fuegos artificiales suben cada vez más alto e iluminan el cielo mezclando colores, pero yo busco y busco entre las luces allá abajo el auto de mi tío.

Una tarde de nunca más

El río parece llevarse sus malos pensamientos. Sentado arriba de uno de los arcos del Puente del Arzobispo, alterna su mirada entre el torrente —las crestas de agua corren iluminadas por los faroles del alumbrado público— y los autos, que cruzan de una a otra ribera de la ciudad. Nadie jamás lo ve allá arriba, eso lo hace sentir con el extraño poder del que observa y no es observado, del que es dejado de lado por su voluntad.

Esta noche una música insistente rompe el encanto, enturbia el paso incesante del agua. Una música que se sucede de una melodía a otra, los bajos retumbando en sus oídos, risas burlonas y autos que aceleran, cerca, tan cerca que su lugar secreto lo siente transgredido. Baja indignado del puente. Hará callar a esa turba de endemoniados que ha elegido un sitio cercano a su santuario para desplegar su rito de brebajes, pócimas y bailes desenfrenados. Sigue el hilo —invisible, pero creciente— de la música a través de la noche, desembocando en el galpón de una calle aledaña al río Mapocho.

Los autos de los niñitos bien bloquean la vereda. Apoyados en las carrocerías se traspasan botellas, ríen sin ganas. Para ellos la noche es pasarlo bien, hay que hacer lo que sea para conseguirlo. No sabe con quién debe hablar para detener esa orgiástica escandalera. Mucha gente se amontona afuera del galpón, de pronto se ve envuelto por ellos.

En medio de la muchedumbre, algunos cuerpos a distancia de él, una niña se distingue del resto. Al verla su rabia se desvanece. Le gusta el lunar en su mejilla izquierda y su cara que simula el enojo, aparece cada vez que gira la cabeza para calmar a quienes la empujan desde atrás. No intenta zafarse del montón de gente y, como hechizado, se deja llevar.

En la puerta unos guardias tratan de detener a la turba de manera infructuosa. Impulsado por los cuerpos, ingresa sin pagar la entrada, pero al cruzar el umbral de la puerta la pierde de vista. Las luces de colores golpean sus ojos, la música multiplica el volumen. Da varias vueltas alrededor de la masa de parejas que bailan, sin dar con ella. Está confundido, no quiere parar la fiesta. A punto de irse, unas muchachas lo toman de los brazos y se ponen a bailar alrededor de él. Da gritos sordos para que lo suelten, pero se pierden entre guitarras y voces. De pronto, ve a la chica del lunar en la mejilla entre ellas, con un envase de plástico en la mano. Ella se lo extiende y toma de él, pensando que los labios de ambos se mezclarán en el sabor de la piscola.

Se pone a bailar delante de ella aunque apenas lo mire, ocupada en cantar casi todas las canciones.

—¿Crees en el destino?

—¿Cómo en el destino? —pregunta ella.

—Como que uno viene de un lugar, se encuentra con alguien y eso no es casualidad.

—No te cacho.

—Bueno, no importa. ¿Cómo te llamas?

—Muriel, pero no me cambies el tema. ¿Cómo en el destino?

—Como que… en la vida tú sabes que esa persona es importante, sabes que la onda de esa persona te va a marcar, tal vez para siempre.

—¿Sabes? —Muriel habla fuerte y cerca de su oído—. Igual eres medio raro, pero simpático.

En realidad ella no entiende (y tampoco le interesa) lo que dice, pero cuando la música se detiene y encienden las luces, dice algo que sí entenderá: pide que le dé un beso mientras se acerca. Ella gira el rostro y sus labios caen sobre el lunar.

De pronto, los carabineros hacen salir a la gente. Antes de que lleguen hasta ellos, le pide su número de teléfono y ella, algo contrariada e indecisa, se lo da antes de marcharse con sus amigas.

Pasan varios días de angustia e incertidumbre, hasta que se decide a llamarla. Está perplejo y asustado. Si quiere verla tendrá que invitarla a alguna parte, pero vendrá la complicación de pensar a dónde ir. Y, sobre todo, qué decir. Después de dar muchas vueltas sobre el asunto, considera que pueden ir a alguna disco, un bar o el cine. Primera vez que se verán, mejor que sea en la tarde. Muy temprano para una disco y se conocen demasiado poco para sentarse cara a cara en un bar, así que opta por el cine.

Muriel, por suerte, no le pregunta su número. Él y su madre le piden prestado a una vecina del *block* el teléfono. Ella responde que ningún problema, pero siempre hay que dejar algunas monedas.

—Hola, Muriel. ¿Cómo estás?

—Más o menos. Es que estoy con amigdalitis.

—Entonces tienes que cuidarte o no podrás seguir cantando.

—Sí, es verdad.

—¡Oye! A propósito, ¿qué música te gusta?

—Me gustan los *blues* y la onda brasilera.

—Eso es bonito. Pero pensé que estudiabas música lírica.

—No, en la Escuela una elige entre esa música y la popular, y yo elegí la popular.

—¿Y qué instrumento tocas?

—En realidad ninguno tan bien… pero quiero tocar la mayor cantidad posible. Mañana iré a comprarme una guitarra.

—¿En serio? Yo toco guitarra. Estuve en clases de guitarra clásica un par de años.

—¡Oh, qué buena!

—Además, el año pasado hice un taller para un grupo de esquizofrénicos.

—¡Uahh, qué cómico!

—En realidad no era tan cómico, pero da lo mismo. Igual algunos locos aprendieron algo.

La comunidad terapéutica para pacientes psiquiátricos a la que asiste es un pequeño y precario galpón construido en los faldeos de la Cordillera y a las afueras de Santiago, apartado de las zonas residenciales. Los escasos lugareños no saben de su existencia, solo ven entrar y salir a gente algo extraña y esquiva. A él no le gusta estar con personas así, ni en su peor época estuvo tan mal como ellos, hacen puras bobadas y se ríen de todo. Los mantienen durante largas horas haciendo velas, cerámicas y dibujos, así no se quedan encerrados pudriéndose en sus casas. A su mamá le dice que seguirá yendo, pero solo a las clases de guitarra. Con el tiempo ha aprendido que contar el problema como si fuera de otros es como si dijera la verdad en parte, así se siente menos mal por esconderlo.

—Pero entonces, tú sabes de guitarras.

—Bueno, sí. Podría acompañarte a comprar la tuya, aunque igual tengo clases mañana…

—Sí, está bien, no importa. ¿En qué cosas tengo que fijarme para comprar una guitarra?

—Bueno, primero en la resonancia. Rasgueas y luego pones la oreja en el hoyito redondo. Si queda como un eco un buen rato, entonces está bien.

—Ya. Igual, tu manera de hablar se parece a la de un amigo. Milton, ¿lo conoces?

—¿Y quién es? ¿Tu pololo?

—No, nada que ver, un amigo nomás.

—Mi voz no se parece a la de nadie.

—¡Qué pesado! Ya, igual, ¿qué más?

—Bueno, también tienes que ver los espacios de más arriba, fíjate que las barras de metal que marcan las notas no toquen las cuerdas cuando presionas las de más abajo.

—Ya.

La señora que presta el teléfono cruza el *living* rumbo a la cocina y carraspea. Parece que lleva hablando mucho rato, tendrá que ir a su casa y volver para dejarle más plata.

—Ya, poh, mijito. Otro día sigue pololeando, ¿no ve que tengo que hacer una llamada?

—Ya…

Tapa el auricular y espera a que salga del *living* antes de seguir hablando.

—¿Sabes? Tengo que cortar porque mi mamá quiere usar el teléfono. Veámonos el miércoles.

—Ya, sí, es más seguro.

—Nos juntamos en tu escuela.

—¿Sabes cómo llegar?

—Sí, pero me da vergüenza ir a buscarte adentro.

—¿En serio? Que sea en la esquina entonces.

—Bueno, ya. Chao.

—¿Cómo tan cortante?

La señora entra al *living* otra vez.

—Ahora sí, en serio, tengo que cortar.

—Bueno, ya. Me pareces muy raro, pero agradable. Chao.

Pasa la hora y Muriel no aparece en la esquina. Lamenta no haber preguntado cuando hablaron por teléfono si quería ir al cine. No sabe si buscarla, lo pone nervioso entrar a un lugar donde no conoce a nadie, pero teme llegar tarde a la función o, peor aún, no verla, así que va de todas maneras. Se interna por la avenida Los Leones hasta Pío X y cruza los jardines de la Escuela Moderna de Música. Siente que todos en el patio lo miran. Lleno de angustia, da con el baño y se mete. En su rápida pasada ve que Muriel está sentada en un banco conversando con alguien vestido de *hippie*. Ella lo mira al pasar, luego resitúa su vista y frunce el ceño, como si se concentrara en lo que le cuentan. Cuando se repone y sale del baño, ella apura la conversación, se despide y va a su encuentro.

Caminan un rato por la avenida Providencia. A esa hora los asalariados salen de sus trabajos y avanzan con apuro. Se siente bien a su lado, no le molesta que tengan que esquivarlos. Es cosa de imaginar la calle como un largo pasillo por donde van solo los dos. Ella no quiere que cargue su guitarra nueva.

—¿Sabes? Compuse un par de canciones y las tengo grabadas —dice él—. Si quieres alguna vez te las muestro.

—¿Cómo? ¿En un estudio?

—Eh... sí, claro.

—Ya poh.

En realidad son grabaciones caseras hechas en el baño de su departamento, cuando le dice a su mamá que no entre por nada del mundo, ni siquiera le permite caminar con pasos muy fuertes por el pasillo para que la grabación no tenga ruido de ambiente. Las tocó frente a un público una vez, en una peña que hicieron en la parroquia de su barrio, junto a una amiga cantante, la Lore. Recuerda esa tarde. Se iban a juntar en la plaza frente a la parroquia para que ella se aprendiera las letras, pero se quedó mirando a las parejas sucederse en los bancos, a las palomas pelearse las migajas y de la Lore, nada. Llegó minutos antes de la función, con un vestido blanco que le llegaba hasta los pies lleno de manchas de vino. Borracha, se subió al escenario y terminó cantando con la letra de las canciones en la mano. Él se puso nervioso y se equivocó en muchos acordes. La gente reía y hablaba, sin prestarles atención, mientras ellos actuaban. Sacaron aplausos más por la humorada que por dar un buen espectáculo. Odió a la Lore por eso y no quiso saber de ella otra vez. Sin embargo, esa única vez que tocó sus canciones no se la cuenta a Muriel, le da vergüenza.

Van al Cine Oriente, donde está en cartelera *Claroscuro*, una película sobre un pianista a quien le da esquizofrenia. Es la función de la tarde, hora en que asisten los ancianos. Las señoras conversan en la oscuridad como si estuvieran en el *living* de su casa:

—Así quedó la hija de la Pochi, pues, tan buena que era para el canto lírico.

—Si estos medicuchos dan remedios y no tienen ni idea lo qué están curando.

Apoyando los brazos en la corrida de asientos de adelante, Muriel también se pone a hablar y le pregunta qué es la esquizofrenia. Al principio siente miedo y no sabe qué responder. En el transcurso de la película, después que el protagonista se ha vuelto loco, le dice que es como si conversara todo el rato con alguien que no está.

Luego de la película cruzan la avenida Providencia hacia el Pasaje Cousiño. Entre sus edificios limpios y suelo de adoquines está el Vicius, un bar lleno de afiches de cantantes y actores. Al entrar ven a muchos asalariados tras un día de trabajo, con sus camisas arremangadas y el nudo de la corbata suelto. Escuchan a dos de ellos pedir la cuenta, luego sacan un arsenal de tarjetas y cada cual insiste en que pagará. Como no llegan a un acuerdo, pagan con billetes y a medias. Quiere tener a Muriel cuanto antes sentada al frente, pero no en un lugar con gente como esa, así que habla de cualquier cosa hasta que llegan al metro.

Bajan en la estación Universidad Católica. Se le ha ocurrido llevarla a la calle Lastarria, donde hay bares de estilo europeo metidos en calles estrechas que frecuentan artistas, por donde apenas transitan autos. Llegan al Berry's, un local de paredes azules llenas de cuadros, aunque a esa hora las sillas todavía están encima de las mesas.

Terminan en el café de la plaza Mulato Gil, un lugar que no le gusta. Sus fachadas coloniales descuidadas a propósito para dar la impresión de antiguo, las mismas que en otros barrios derriban sin asco para plantar edificios de nichos, delatan que es un lugar para turistas. Desde entonces presiente que algo saldrá mal.

Le traen una cerveza y a ella un jugo de melón, mientras cuenta que le ha escrito una canción.

—Cuando grabes de nuevo en un estudio, me la muestras.

No esperaba esa respuesta, sino que Muriel quisiera saber cómo era la canción. Parece que solo le interesa hablar de su incipiente carrera musical y ser cantante de una banda.

—Escribí tu canción arriba de un puente donde voy a sentarme a veces. Me tranquiliza e inspira el ruido del Mapocho corriendo.

Muriel no parece escuchar, se pone a mirar los afiches en las murallas. Él aprovecha la distracción para poner sus manos debajo de la mesa. No hay más gente en el café, nadie que lo vea. No aguanta tenerla tan cerca, tiene ganas de echarle los brazos al cuerpo, le tiemblan los dedos frente al deseo de poseerla. Se baja el cierre y empieza a masturbarse, mirándola.

Agacha la cabeza y ve las gotas blancas caer sobre las baldosas. Luego vuelve a mirar a Muriel, siente un odio inmenso hacia ella. ¿No es una de esas niñitas bien que él tanto odia? ¿De ese destacamento de acomodadas que estudia en alguna rama de las artes para salir en la revista *Jaula* o en la próxima teleserie? Su rostro habla por ellas, su rostro que sabe de la vida, las vacías caritas de rana que todos los meses reciben el soborno de su papi para convertirse en princesas y abastecerse de *whisky* y coca. Se las encuentra en todas partes. Entran hablando fuerte, diciendo que todo es malo y los demás son unos tontos, para que el resto se entere de que han llegado y están en presencia de alguien "grande". Después miran para todos lados por si hay alguien en realidad famoso para sentarse cerca de él. Las conoce bien, piensa, mientras se sube el cierre. Sí, Muriel, quien mira los afiches a falta de gente, es una de ellas. Pero qué le va a hacer, le gusta.

De pronto, lo mira fijo a los ojos.

—Pero entonces… ¿no has tocado en ninguna parte?

—No, todavía no. ¿Qué onda tu pregunta?

—Es que entonces aún no eres artista. Así, alguien que de verdad se la juega por lo que ha creado. ¿Qué esperas?

Se queda pensando un rato con la cabeza gacha antes de contestar:

—No lo sé.

Mira el vaso vacío. De reojo ve que ella se pone de pie. Deja la plata sobre la mesa y camina hacia la plaza que está fuera del café. Encuentran un banco cerca de la pileta. Abre el estuche de la guitarra, aunque en realidad no quiere tocar, la guitarra representa tantas cosas que ya no están, pero la tarde no durará para siempre y siente la angustia de que ella se aburra y se marche antes de lo previsto. En el torrente dentro de su cabeza oye *Humedad* de Javiera Parra, pesca la melodía y se pone a tocarla. Muriel empieza a cantar con el mismo timbre de la cantante original, no hay rastros de su amigdalitis. Algunas personas se sientan alrededor de la pileta para escucharlos.

—*Los días más cortos son los más largos sin ti…*

Se acerca un mozo del café para decirles que no pueden hacer eso allí.

—No pueden hacer eso acá —repite y los mira con el ceño fruncido, como si fuera la peor maldad del mundo lo que hacen.

Él mueve la mano como si rasgueara, aunque sin tocar las cuerdas, mientras se llena de rabia. Quiere pararse para quebrarle la guitarra en la cabeza, pero entonces escucha los aplausos de la gente. Muriel sonríe, él olvida al mozo. Salen de la plaza muertos de la risa, sabiendo que igual han hecho lo que quisieron.

Cortan por el parque Forestal rumbo al barrio Bellavista. Son cerca de las siete de la tarde, Muriel debe ir a la oficina de su padre para que la lleve en auto a su casa, una parcela en las afueras de Santiago. Pasan bajo el techo de plátanos orientales de la calle Pío Nono. Las *schoperías* están llenas de personas que hablan fuerte, todas al mismo tiempo, pero junto a Muriel no le molestan sus voces.

Ella no para de sonreír en la puerta del edificio, como si ahora quisiera que el lunar fueran sus labios. Es algo gordita de cara, sus cachetes se ponen redondos y sus ojos se achinan aún más al esgrimir una sonrisa. Le extiende una hoja (la letra de la canción que le ha escrito) y se inclina para darle un beso. Es corto, su lengua apenas roza la suya, pequeña y escurridiza. La mira hasta que se cierran las puertas del ascensor.

Llega el lunes de la semana siguiente. El martes. Y el resto de los días. Por más que llama y llama, no ha sabido de Muriel. Su mamá lo despierta temprano todas las mañanas para ir al instituto, cada día se levanta con menos ganas. Se sienta al fondo del furgón escolar que maneja su mamá, sin hablar con ningún cabro chico. Ella lo ha matriculado en Administración de Empresas, una carrera técnica, temiendo lo que será de él cuando ella no esté.

Algunas tardes va directo del instituto a las clases de guitarra de la comunidad terapéutica.

—Quisiera hablar contigo antes de que empecemos —dice cierto día uno de los terapeutas.

—¿Qué?

—¿Cómo te sientes con las clases de guitarra?

—Bien.

—Has hecho grandes avances.

—Es porque me gusta.

—Lo haces mejor que yo. Nunca toqué muy bien tampoco.

—Es fácil cuando a uno le gusta.

El terapeuta le pide que intente mejorar su relación con el resto de los usuarios. Le recuerda que las clases de guitarra son solo una parte de su tratamiento.

—Sé que tú crees que no eres como ellos…

—No, ustedes siempre tratan de hacerme sentir extraño.

—Solo intentamos recordarte la razón por la cual estás aquí. Tienes una enfermedad mental y las clases de guitarra son una parte de tu tratamiento…

—Sí, claro, soy un loquito y toda la payasada. Pero ¿no se da cuenta de que no me ando echando tierra en la boca ni gritándole a usted en la cara, como el resto?

—Sabemos que tienes habilidades que tus compañeros no poseen, por eso quería pedirte que compartieras más con ellos.

—No, entienda: las clases de guitarra me gustan. Si no fuera por eso, usted no me vería nunca más.

El coordinador de las clases de guitarra, un hombre delgado de cabello largo con resabios de *hippie*, se queda con el resto de las palabras en la boca. Los locos, que esperan el inicio de la actividad, ante la discusión se ponen a gritar y darse manotazos entre sí. El terapeuta intenta calmarlos, pero lo agarran del pelo y también lo golpean. Frente a tal espectáculo, él abandona el salón de la comunidad terapéutica pensando en no volver.

En la micro da vuelta a las palabras de Muriel, él no es un artista porque no ha actuado aún. Se pregunta si esa es la razón de que no haya sabido más de ella.

—Como que uno viene de un lugar, se encuentra con alguien y eso no es casualidad —dice en voz alta, tal como esa noche.

Una señora, sentada cerca de su corrida de asientos, lo mira de reojo. Él le devuelve la mirada junto con una sonrisa y ella termina por sentarse más adelante. Piensa que quizá, si ayuda un poco al destino, logren encontrarse. Cuando divisa un teléfono público, baja de la micro.

—Aló, ¿está Muriel?

—¿De parte de quién?

—De un amigo.

—No, no está.

—Entonces ¿para qué me pregunta de parte de quién?

—Para darle el recado.

—Mire, eh… dígale que vaya al Puente del Arzobispo, sí, eso… Daré un recital ahí, hoy en la tarde, no puede perdérselo.

—¿De parte de quién?

—De un amigo.

Es la hora en que los asalariados salen de sus trabajos, la hora de los interminables atochamientos de autos. Sube corriendo por uno de los arcos del puente al lugar que es solo suyo, donde nunca nadie lo ha descubierto, y desenfunda la guitarra. Empieza a tocar sus temas. Algunas personas lo ven y detienen un rato, pero con el río y los bocinazos apenas es posible escuchar. En ningún momento mira hacia abajo por donde pasan los autos, sino al correr del río, las canciones que se alejan enredadas en el agua. Cuando le empieza a doler la yema de los dedos, deja de tocar y baja.

Busca entre la gente a Muriel. No la encuentra. Una señora le da unas monedas y un señor gordo, con el cabello largo alrededor de la cabeza calva y que lleva un acordeón, aplaude y le invita un trago. Está triste y acepta. Compran en una botillería del barrio Bellavista y se van a los faldeos del cerro San Cristóbal. Toca una canción y el señor gordo le da un trago, parten a comprar más, después vuelven y sigue tocando. A veces se acuerda de su mamá y de las clases, pero tambíén piensa que quien será él mañana tendrá que levantarse con borrachera.

En un momento se le ocurre ir a pedirle el furgón escolar a su mamá, aunque él mismo contesta lo que dirá: es su fuente de trabajo y no sabe manejar. Piensa que a propósito no le ha enseñado a hacerlo, la odia por eso. La cagada de furgón que es, por lo demás, todo destartalado por los fletes que a veces hace, los cabros chicos apenas se escuchan entre ellos con el ruido de latas sueltas y terminan con dolor de cabeza rumbo al colegio. Sí, vieja desgraciada, desde chico no lo deja jugar con otros niños, como si ella fuera todos los amigos que necesita. Una vieja miserable a quien tuvo que rogarle tres pascuas seguidas para que le comprara una guitarra, y después se pusiera envidiosa porque pasaba el día entero aprendiendo canciones, imitando a los cantantes, en vez de jugar con ella. "Vieja de mierda —piensa—. Lo único que quiere es internarme en el psiquiátrico para terminar de una vez por todas su martirio".

Comienza a oscurecer, él y el señor gordo y calvo toman una micro. Por consejo de su nuevo amigo, antes de subir muestra al chófer la guitarra. Se va tocando, mientras el señor gordo en la última corrida de asientos bebe de la botella y a ratos lo acompaña con el acordeón. El señor después pasa por los asientos y recolecta la plata. Ahora les alcanza para más trago.

—Te voy a llevar a un lugar que te gustará, porque eres mi amigo.

—¿Sí? ¿Somos amigos, señor?

—Por supuesto. No me digas más "señor". Con toda confianza, llámame Guatón Vargas.

Jamás ha escuchado de ese lugar, pero el Guatón pronuncia el Siete y se ríe para sí mismo. Se bajan en la Alameda con San Antonio y entran a un edificio antiguo. Suben por una larga escalera de baranda gruesa que da vueltas varias veces antes de llegar al bar. Recorren cada uno de los salones iluminados con tubos fosforescentes, paredes rayadas y enormes grietas, buscando una mesa donde sentarse. Hay una de puros punks, otra de *hippies*, otra de caballeros de la construcción jugando dominó, y otra de tipos afeminados vestidos a lo *new wave*. Encuentran una mesa llena de botellas vacías y se sientan. La mesera retira las botellas y les toma el pedido. Se siente triste y ajeno al lugar, pero el Guatón Vargas insiste en que tiene que seguir tocando para conseguir más plata y comprar más trago. Toca una canción y pide otra cerveza antes de que se acabe la que toma.

Entre tantas cervezas, le dan ganas de ir al baño.

No puede ser, es demasiada la coincidencia para él: ahí está la Lore parada en la subida de la escalera, como si esperara a alguien. Usa unos pantalones de cuero muy apretados y un peto que deja ver su ombligo. Ya no es *hippie*, ahora es una *rockera*. Se acerca a ella.

—Oye, yo a ti te conozco.

—¿Sabes? Conozco a harta gente, pero a ti no.

—Oye, pero si tú cantabas conmigo en la parroquia…

—Loco, vírate, *¿cachái?* No te conozco.

Torpe por el trago y sin entender por qué la Lore actúa de esa manera, la toma del brazo cuando se da vuelta para darle la espalda.

—¡Déjame, huevón! ¡¿Qué te *hai* imaginado?!

—Oigan, chiquillos, no aceptamos escándalos aquí. Van a tener que irse. —Una mesera se acerca a ellos.

—¡Si este es el desubicado! ¡Curado de mierda, me anda puro manoseando!

Confundido vuelve a la mesa, toma su guitarra y le dice al Guatón Vargas que tiene que irse. Lo han echado del local.

—No le *hagái* caso a la vieja.

—No, si me echó y me tengo que ir.

—Puta, ¡qué pena! ¿Sabes? Todavía me queda cerveza, espérame abajo, ahí te alcanzo. Deja la guitarra, para qué la vas a andar cargando, capaz que te la roben. Yo te la cuido.

No la deja. Será loco, pero no huevón. Además, es una estupidez esperarlo si ni siquiera lo conoce bien. Baja la larga escalera y sale al aire frío de la noche. Camina por la Alameda hacia el oriente. Vuelve a estar solo con la guitarra, como cuando tocó arriba del puente, como cuando la Lore lo dejó plantado frente a la parroquia, antes de ahora que se ha hecho la desconocida, sin amigos de mentira ni canciones para la ocasión.

Se sienta en el paradero de micro de Santa Rosa. No se percata de la gente alrededor, las mariposas roncas que conversan con los vendedores de sánguches de potito, de cara tosca y minis elastizadas, flirteando con los taxistas.

—Este es mi paradero, huevón, así que vai a tener que irte a patinar a otro lado.

Ve sentado en el paradero a un ser que lo asusta, es un hombre con vestido ajustado. Lo mira, pero a la vez tiene los ojos acechando en muchos otros lugares.

—Ya me escuchaste, así que anda parándote nomás.

—Pero si estoy esperando micro, nada más.

En ninguna parte se puede pensar con tranquilidad en Muriel. No vuelve a hablar, ni siquiera lo mira, como si no estuviera. Al no aparecer ninguna micro, camina hacia la plaza Italia.

No alcanza a cruzar la calle antes de sentir un fuerte golpe en la espalda.

—¡Te dije que no *hueveavai* conmigo, ahora te las *vai* a ver!

El hombre con vestido lo persigue media cuadra, golpeándolo con su cartera. Los taxistas, los vendedores y las otras locas ríen con la escena en medio de la noche. Asustado y confundido, corre lo más rápido que puede hasta que lo deja atrás. Sin embargo, las risas se hacen más fuertes y, por más que huye, risas y carcajadas se multiplican, como si quienes caminan por la calle o van en auto también rieran.

En su desesperación quiere llamar a Muriel. Quizá en un rato más escuche voces en su cabeza y no sea capaz de hacerlo. Es tarde y sería imposible que le dijeran que no ha llegado. No le importa saber por qué se ha negado a hablar con él.

Alcanza un teléfono público.

—¿Aló?

—Buenas noches, con Muriel.

—Joven, ¿no encuentra que es un poco tarde para llamar?

—Necesito hablar con Muriel, por favor.

—¡Usted es un desubicado y voy a colgarle!

—¡Espere! Dele este mensaje…

Recita la letra de la canción, una voz escondida y persistente se la ha dictado. Ya le colgaron, pero sigue hablando en el auricular antes de colgar también.

En su mente siente que cuchichean. Aunque trata de resistirse, imagina cosas que sabe que no existen. Apura el tranco. Si no fuera por esa fiesta nunca habría conocido a Muriel ni estaría pasando por esto ahora. Nunca habría ido a su escuela a buscarla ni habría visto al tipo vestido de *hippie* conversando con ella. Si Muriel no hubiera existido, habría entrado al baño y, al salir, quizá habría mirado el panel de informaciones para leer:

Lamentamos comunicar la trágica e inesperada muerte de nuestra alumna y compañera, Muriel. Extendemos nuestras condolencias a sus familiares y amigos.

Sí, muerta Muriel, una joven cualquiera que nunca conoció ni alcanzó a cantar en ninguna parte. Para qué preguntarle al tipo vestido de *hippie* cómo pasó, si no sabe quién es, para qué darle importancia mayor a una aspirante de artista fallecida. Entonces habría ido solo a Providencia, la calle por donde no se fueron esa tarde, ahora que estaba muerta. Habría sentido varios empujones y hombrazos de los asalariados, hasta detenerse a gritar lo más fuerte que pudiera:

—¿QUÉ LES PASA? ¿NO SE DAN CUENTA DE QUE ELLA HA MUERTO?

Quienes estaban cerca de él cuando gritó, se habrían hecho a un lado. Pero más personas caminarían por la calle, lo esquivarían para seguir su camino. Y más gente, una infranqueable corriente contra la cual no era posible nadar. Todos iban hacia alguna parte y nada podrían hacer por él. Entonces, confundido, se habría sumado al torrente de asalariados, el caudal de personas empujándose para llegar primero adondequiera que fueran.

De pronto ha despertado. Nadie le habla, su rabia se desvanece a medida que se acerca al río. Como si un oscuro destino de nuevo lo acogiera, ha llegado caminando al Puente del Arzobispo. Sube por uno de sus arcos y ve que el agua corre abajo, como siempre. Le parece que esta noche nunca acabará. Escucha música que viene del galpón, donde dan otra fiesta.

No sabe si habló con alguien y luego colgó, si gritó o no, si ella murió o solo fue un deseo. Ahora que el hechizo de locura se ha disipado y —por un momento— se siente lúcido, puede lanzarse al agua, dejar este mundo confuso y solitario de una vez por todas, irse con la corriente adonde sea que lo lleve. Piensa que así ella lo verá mañana, ahí, en la primera plana del diario y estará orgullosa de haberlo conocido y de que sea famoso:

Talentoso músico se tira al Mapocho por amor

Pero no, no se tira. Antes de bajar del puente e ir a dormir el miedo de que todo sea verdad, la toma del mango para arrojarla lo más lejos que puede. Cae boca arriba y se va con el torrente. Así algo de todo eso acabará, cuando mañana empiece a olvidar que una vez supo tocarla.

II

Espejo de sirenas

A mitad de hacer el amor, huye de la cama. Te quedas quieto como si esperaras otro golpe. La escuchas atravesar corriendo el departamento. Abre la puerta, el eco de sus gritos viene de la caja de escalera. Si alguien en el edificio aún no estaba enterado, ahora sabrá que en la marea de los agitados cuerpos de ambos ha visto la otra mitad de su espejo roto.

Respiras de forma entrecortada. Miras la luz de la calle reflejarse en el techo, no hay más que hacer, aún baja los pisos. Tomas del velador las llaves del auto, la única prenda que llevará tu cuerpo al salir para detener su trote desnudo por la calle.

Enrabiado, la sigues por la avenida Libertad. Le dices que está bueno de que se haga la loca, que de una vez por todas suba al auto. Le prometes que se mudarán de su departamento, arrendarán uno más grande como te pidió, con vistas al mar o como sea que ahora lo quiera. Solo esperas que ningún paciente de la consulta te vea así. Apenas la reconoces con ese tono rubio ceniciento con que tiñó su cabello esta tarde, te repitió que de niña tenía ese color de pelo.

Adelantas media cuadra y bajas del auto. Recuerdas que nada traes puesto y te cubres con la puerta. Cuando pasa por tu lado, la agarras de la cintura para subirla a tirones. La luz amarilla de los focos, entre los plátanos orientales, confunde la piel de ambos y aliviana el forcejeo. Intenta esconder de ti el espejo poniéndolo entre sus nalgas. El espejo roto, ese pedazo de vidrio opaco con un dibujo al dorso de su marco de plástico, dos sirenitas mirándose la una a la otra y tomadas de la mano. Cuando la luna se hizo creciente, lo metiste en el estanque del baño porque no soportabas que le hablara.

Te implora que la lleves a la playa; de lo contrario, el espejo volverá a quebrarse. Asientes con la cabeza, como si comprendieras. Tratas de dar la vuelta en Ocho Norte hacia el departamento, pero mirando fijo hacia adelante te advierte que no es como las otras noches. No dejará que le inyectes un tranquilizante mientras cantas hasta que se duerma. Dejas de doblar el manubrio cuando abre la puerta del auto, amenazando con lanzarse al pavimento si no la llevas al mar.

En el claro entre los edificios aparece el oscuro horizonte del mar. Ella se encarama sobre ti y reinicia lo inconcluso en la cama. Con su ir y venir apoyada en el volante, apenas puedes mantener la dirección y los pedales. El auto avanza tartamudeando. Abre el techo corredizo salpicándote la cara con su pubis mojado. Dice que la Cruz del Sur debe marcar primero, como un ancla, los puntos sobre su piel. Haces un último intento por detener el auto al virar con lentitud hacia la berma, pero desistes cuando amenaza con expulsarte de ella.

Avanzan por la costanera, lejos de Viña del Mar. Son los únicos, sobre las zigzagueantes ruedas, cortando la madrugada. No haces más que apretar el acelerador. Ella sigue sobre ti vaciándote poco a poco, mientras le habla al espejo que ha puesto detrás de tu cabeza. Miras las líneas blancas del pavimento para no salirte del camino.

Una tropa de pelícanos vuela sobre el mar dibujando la forma de una flecha. Apuntan hacia delante sin importar por qué, solo debes mantenerte en la ruta señalada.

Esto lo digo yo, en noches de luna llena, cuando busco la otra mitad de mi espejo roto.

Al pasar por Ritoque, esa larga playa donde ves levantarse extraños palafitos en una de las orillas del camino, ella abre la puerta y salta fuera del auto. Cae sobre la gravilla, rasmillándose la piel. Te detienes en cualquier parte y también bajas. De nuevo corre. No logras alcanzarla, tropiezas varias veces en la arena. Levantas la cabeza y ves un pequeño destello proveniente del mar. Es un diminuto brillo que las olas golpean con furia, sin perturbarlo. Ella se ha adentrado en el agua, gritándole al resplandor que la espera donde no tocará fondo. Otra vez estás de pie, pero ahora avanzas más lento. Temes hundirte y encontrar lo que ella, de forma tan desesperada, busca en las olas.

Lo digo yo, la hermana gemela que viene hacia la orilla, para reunirse con su espejo roto.

Las olas de pronto dejan de reventar. Te sobrepones al frío del viento y penetras en la espuma, aunque no puedas divisarla. Estás encandilado, como si la luna hubiera reunido, en un solo lugar, sus fragmentos esparcidos sobre el agua. Entonces escuchas el canto que a veces se vuelve varias voces, un coro muy agudo. Te lanzas a salvarla, creyendo que muere ahogada.

Apenas alcanzas el resplandor, el mar desata sus amarras y revienta sobre ti. Tus ojos se nublan y la boca se te llena de agua. Cuando tu vista se despeja, divisas una inmensa cola de pez jugando en la superficie. Se aleja mar adentro, algo indecisa, hundiéndose para volver a aparecer. Otra ola viene a sepultarte. Vuelves a abrir los ojos, pero no hay rastros de ella, solo las olas de siempre recuperando su curso.

Por más que te sumerges no la encuentras, ha desaparecido como sal en el agua. Donde viste una larga cabellera esmeralda, ahora resbalan las algas por tus manos. Unos peces blancos con manchas azulinas iluminan el fondo. Sobre las conchas, rodean para mostrarte el leve destello de su espejo roto. Lo aferras como si la tomaras a ella entre tus manos.

Sales del mar. Ves que en ti desaparece el vello sobre el pecho, donde antes quedaban atrapadas las gotas de agua. Te tocas sin creer tu piel tan suave. Bajo tu mano, como una marea interminable, van creciendo sus senos. A cada paso que das sientes cómo se ensanchan tus caderas, dejándote el pubis con un incipiente muñón que rozan las piernas. Tienes miedo de moverte. Nace en ti el deseo de mirarte en el espejo, de recorrer con él todas las regiones de su cuerpo.

Sentada en la playa esperas, sin saber por qué, a que desaparezca la Cruz del Sur. Debes aceptar vivir así, una noche, todas las noches y esta como las otras. Mira, unos pescadores empujan sus botes hacia el mar y te silban, gritándote piropos. Después se devuelven tratando de no mirar hacia atrás para no enamorarse de ti. Sienten temor de nosotras. Saben que por donde han pasado las sirenas, como ellos nos llaman, no encontrarán peces.

Te levantas y caminas hacia el auto, acumulas arena en tus pies mojados. Ahora debo dejarte sola. Para no llorar, lo aprietas con fuerza. Antes de que se quebrara nuestra antigua imagen, nos miramos a través de su reflejo. Pero siempre podremos jugar en la orilla, queriendo ser como su dibujo.

Vuelves tu vista hacia el mar. Te parece que un cuerpo se estrella contra la orilla, una sombra arrinconada en el espejo de los sueños, como un ahogado que encuentran una mañana arrastrado por la corriente, blanco, frío, hinchado y con los ojos comidos por los peces. Algo de esos ojos estará siempre abierto y no te dejará dormir. Sus gritos alejándose dentro del sueño te despertarán. Aunque no comprendas, acepta vivir así. Ahora debes volver en busca de un cuerpo, de todos los cuerpos y de este cuerpo como los otros.

Relato de una fotografía

Imagen del Hombre

¿Por qué eran tantas las cosas que no decíamos, que ya no dijimos? Por nombrar solo algunas, lo mucho que me costó adaptarme a una vida de familia. En un principio buscaba solo una relación de pareja, algo más sencillo, menos comprometedor después de tantos fracasos previos e hijos que ya no veía, no eso de irse a vivir juntos en tan breve tiempo con unas niñas llamándome papá a poco andar. Pero ahí estaba de nuevo la foto, como buscándome por las paredes de la casa, donde todos salíamos tan sonrientes como si aquello en realidad se pudiera, como si de antes fuéramos algo y en alguna parte estuviéramos enmarcados y debiéramos ser así, desde mucho tiempo antes nos esperara.

Imagen de la Fotografía

La casa sin moradores donde nada se mueve, salvo las sombras de los muebles con el paso de la luz. De vez en cuando una araña se desliza por una grieta y teje su tela, cuántas hay abandonadas o con arañas secas en su propio laberinto. Los cuadros que semejan paisajes o personas o, lo que es lo mismo, paisajes de personas, tan distintos a mí, que cobijo la verdadera imagen, en la cual se ha acumulado el polvo en la ranura del marco, algo que la esconde y, a su vez, la preserva.

Imagen del Hombre

Tantas veces dijimos que aquello no volvería a suceder, tantas promesas hechas y, como todo juramento, hecho para no cumplirse o, lo que es peor, no poder cumplirlo aunque se intente, aunque uno haga las cosas sabiendo que no debería mientras las hace. A medida que transcurre el tiempo que no debió suceder, cuando recuperamos el momento que no debimos haber vivido, para el cual no habíamos sido hechos, luego el silencio estalla y quedamos suspendidos como después de algo que no debió pasar, por más que digan que fue así y no haya nada para desmentirlo, salvo quedarse felices congelados mirando hacia un punto antes del silencio y de lo que no…

Imagen de la Fotografía

Los ecos de la calle donde circulan transeúntes y, alguna vez, un niño que se asoma a la ventana de la casa abandonada del barrio. Nadie sabe qué ocurrió con sus antiguos moradores, un día no volvieron a verlos. En realidad no se sabe si se fueron o no salieron más, tal es el misterio que rodea a quienes alguna vez vivieron allí.

Imagen de la Niña Mayor

Correr, saltar, vestir a las muñecas, desvestir a las muñecas. Algo me dicen, me llaman y debería obedecer el llamado, acudir aunque ahora quiero probarles un traje de baño nuevo, porque las muñecas se irán a la playa a tomar el sol y pasarlo bien con otras muñecas que han conocido, saltando con sus piernas de plástico en la orilla. Y grito que ya voy, que siempre voy a ir, a poner una cara sonriente y quedarme quieta como me piden que haga. Pero ahora las muñecas se han cambiado de ropa de nuevo y quieren ir a bailar, se contorsionan, abren y cierran sus piernas rígidas de plástico que no son como me gustaría que fueran, así como que pudieran moverse enteras, doblar la cintura y agachar la espalda siguiendo el ritmo de la música, un dos, un dos… Parece que ahora sí tengo que ir, me están llamando más fuerte…

Imagen de la Niña Menor

… y la mamá cayó, iba caminando así y se le dobló la bandeja y volaron todos los platos por el aire, las tazas. El piso estaba mojado y había pedazos de platos y tazas, y la mamá se agachó y se puso a llorar, así, ¡huaahh…! Lloró la mamá cuando cayó y le salía sangre del labio, así salía rojo, caía por la pera y llegaba al suelo, donde estaba todo mojado, rojo, café, blanco y agua. Y después la mamá se levantó sin pedirle ayuda al papá que estaba a su lado, se fue al *living*, se acercó a todos y se quedó quieta sonriendo así.

Imagen de la Niña Mayor

Al final voy cuando me llaman y no sé qué decirles, quisiera que supieran algunas cosas, pero no sé por dónde empezar. No quiero decir algo que no sé bien cómo es, porque después no sé si las cosas son así y no puedo decir algo que no es, ¿cómo puedo decirlo? Algo que no creo que es, pero tal vez entendí mal y al final sea todo al revés y dé una mala idea de lo que fue. Por eso prefiero quedarme así tranquila y sonreír, como si no hubiera pasado nada, porque nada ha pasado y está de más hablar, solo sonreír.

Imagen del Hombre

Porque no es que fuera difícil conversar ni nada por el estilo, tampoco es que no tuviera algo que decir. ¿Cómo explicar lo que sucede sin que todo se vaya a estrellar contra este vidrio donde estamos desde el día en que por última vez nos sentamos en el sillón? La mayor de las niñas no quería venir porque estaba jugando a las muñecas, la madre insistía en que todos teníamos que estar porque se había comprado una cámara digital y nadie le hacía caso —se podrá imaginar el sentido que adquirió después la foto—. Era tan fácil apretar el *automatic shoot* y la foto salía sola con todos nosotros.

Imagen de la Niña Mayor

Solo quiero jugar con las muñecas, como que las muñecas siempre lo pasan bien: van a la playa, a bailar o al cine, apenas pueden salen de su casa, jamás invitan a nadie a tomar el té o bañarse en la piscina que, por supuesto, tienen todas las casas de muñeca. Siempre buscan la forma de salir a pasarlo bien y así no tener más problemas, porque en la casa pasan cosas que no les gustan y, como casi nunca les dan permiso para salir, cuando pueden lo hacen altiro. Si las dejo por un rato y después las tomo, están siempre sonrientes y esperándome a que las mueva y les de vida. Y son a quienes más quiero, porque están conmigo cuando las busco y no me dicen nada feo ni me piden que haga cosas que no quiero, como quedarme sentada esperando el *flash*...

Imagen de la Fotografía

A través de la cortina veo sombras de seres que deambulan por la calle, maullido de gatos, ladrido de perros, autos que pasan veloces. Aquí adentro nada cambia, salvo la presencia de la luz que esconde la oscuridad. Sobre mí se reúnen fragmentos de personas que alguna vez habitaron esta casa. Los fragmentos dicen nunca y, sin embargo, alguna vez se reunieron para formar esta imagen.

Imagen del Hombre

Pero no era por capricho que yo fuera así, se puede imaginar lo que es llegar cansado del trabajo y que ella no salude ni me tome en cuenta, no haya nada para comer y así día tras día. Las niñas sí llegaban y me saltaban encima llamándome papá. Claro que era así, las cosas que son de un modo no se pueden negar, es más bien cuestión de apreciaciones. Porque claro, puedo omitir información y resulta que me buscaban por lo de su madre. Cómo explicar a unas niñas ansiosas de cariño que yo no tenía nada que ver con ellas y no buscaba que se acercaran a mí, sino todo lo contrario. No es que quisiera ver las cosas por separado, sino que eran así. Ella no debía fomentarles que se cobijaran en mí, como estaban resultando las cosas podía marcharme en cualquier momento, pero de todos modos ella lo hacía. Entonces no hubo otra escapatoria: era el uno o el otro. O ella, quien a veces quería formar una familia a partir de sus desastres anteriores, o yo, quien no quería figurar en la vida de las niñas, deseando zafarme del orden que ella malamente quería conformar. No sé por qué las llamo niñas si en realidad son la pura imagen de lo que la madre quería crear en mí, no sé cómo decirlo, son lo que la madre hubiera querido que fueran si yo hubiera sido quien ella quería que fuera para sus hijas, o algo así, si es que se entiende. De todos modos, nos hemos ido por otro camino, ahora somos el recuerdo de personas que tuvieron que ver entre sí unidas en el recuerdo de una imagen.

Imagen de la Niña Mayor

Me llaman y yo quisiera entrar más todavía en mi juego, ojalá me convirtiera en una muñeca y la pasara tan bien como ellas, jamás tienen peleas ni quieren esconderse, solo pasarlo bien con sus amigas y salir a pasear cuando les da la gana. Pero siempre tengo que ir cuando me llaman, hacer caso de todo, aunque me culpen por algo que hizo mi hermana. Nunca puedo pegarle ni acusarla, pero a mí sí que me hacen de todo. Quiero estar quieta, así como una muñeca, cuando entren a la pieza a buscarme porque no he respondido, me tomen en sus brazos e intenten mover mi cuerpo de plástico y ya no valga la pena hacerme nada, porque me he quedado quieta y obediente, sonriente y sin contestar.

Imagen de la Niña Menor

Cuando la mamá cayó no quiso levantarse más, lloró ahí tendida largo rato. Y mi papá la movía para que se pusiera de pie y ella no quería. Mi papá quería que se levantara para que todos fuéramos a ponernos para la foto. A mí me encantan las fotos, me gusta sonreír y hacer como que camino y bailo, pero después llegó mi hermana y se puso delante mío. Y mi papá estaba preocupado de retar a mi mamá, nadie vio que mi hermana me tapaba y no me dejaba ver lo que pasaba. Después todos estaban enojados, nadie quería sacarse fotos y cada uno se fue por su lado. Y de pronto sonó el clic...

Imagen del Hombre

Y ahora estamos condenados a estar dentro de este marco, sonriendo hacia un tiempo que durará hasta un espacio tan remoto que deberemos llamar para siempre, pretendiendo que somos la familia feliz que nunca pudimos, un juego de imágenes que nos atrapa y termina por convertirnos en lo que no somos, pero eso no es lo importante, porque la imagen de lo que fue es lo que queda, no quienes creímos haber sido. Y así yo soy el padre de estas niñas, aunque en realidad no lo soy, porque a ella la conocí como a una mujer separada que tenía dos hijas. Si bien al principio no fue fácil entrar en la secreta complicidad de silencios y abandonos que arrastraban consigo, con el tiempo me fui haciendo un lugar. Los problemas comenzaron cuando de su trabajo la empezaron a enviar en gira de negocios. Ella decía que el trabajo que le había conseguido con unos colegas médicos, de visitadora médica, era así y debíamos aceptarlo, sobre todo si queríamos surgir como familia. Las ausencias al principio fueron unos cuantos días al mes, después se prolongaron por semanas, hasta que —para hacer la historia corta— no volvió. Puede sonar extraño así, tan de golpe, podría tal vez detallar las discusiones previas que tuvimos al respecto, las ausencias y las complicaciones con las niñas en sus cuidados, como las comidas, lavarles la ropa, levantarlas por la mañana, mandarlas al colegio, acostarlas por la noche, pero es así y solo quiero dar una idea sucinta de lo que fue. Las niñas con el tiempo no preguntaron más por su madre, los tres hicimos como si la vida fuera así y seguimos con nuestra rutina, las cosas eran mejor de ese modo.

Imagen de la Fotografía

Colores desvanecidos sobre un papel marchito, colores que aparecen cuando la luz se va y desaparecen cuando la luz vuelve. Días perdidos y vueltos a recuperar, días recuperados y vueltos a perder, un círculo eterno de luz y sombras, imagen que es la realidad sobre otra que es pura imagen, espejo que se mira a sí mismo a través de una grieta que lo fragmenta y no deja ver otra cosa que la imagen de lo que es, lo cual resulta en otra imagen que, a su vez, se repite en un sinnúmero de otras imágenes, todas iguales entre sí, a no ser por el tamaño que crece o se encoge dependiendo de la perspectiva...

Imagen del Hombre

Esa foto que está ahí en el *living*, donde estamos todos sentados sonrientes como una verdadera familia, es todo lo que nos queda de eso. Parece un chiste que ella haya comprado la cámara digital para sacarnos una foto antes de su último viaje, quería llevarnos con ella y dejarnos una copia, como si nos hubiera dejado algo de lo cual aferrarnos y, a su vez, se llevara algo que nunca tendríamos. Claro, podría sacar otra foto con quienes estamos y continuar con la vida así, como es de ahora en adelante. No es que no tengamos cámara, rostros que mostrar ni nada de eso, sino que nos hemos quedado aquí donde nos dejó, sin comprenderlo del todo, pero tampoco sin preguntarnos. Quietos y sin querer movernos, dejando que las cosas fluyan como quieran fluir, por siempre felices mirando hacia un punto lejano que no alcanzamos a ver, aunque al mismo tiempo mirando a la nada, y seguir así sin saber por qué, pero, la verdad, esperando a que vuelva, a falta de la certeza de que no regresará. Ella está ahí junto a nosotros y no podemos dejar que se vaya sin llevarse un pedazo nuestro también, y así somos fragmentos reunidos por la imagen en el papel, manteniendo las cosas como están, en actitud de eterna espera.

Detrás de la máscara

¿Qué es un fantasma?, preguntó Stephen.
Un hombre que se ha desvanecido hasta ser impalpable,
por muerte, por ausencia, por cambio de costumbres.

Ulises, James Joyce

Ahora sí que te voy a mandar a la chucha, me uno a los que no quieren saber más de ti, aunque ya poco quede de tu persona, pudriéndote solo, desperdiciado y abatido de tanto ir y venir de la mierda. Me saludas con una mirada de perro con tiña desde el banco de la plaza Brasil. Te lo advertí, no voy a correr a tus llamadas porque te sientes solo y necesitas hablar con alguien, ni porque, confundido en tu locura, al rato la embarres criticando a los otros. Crees que algo sabes sobre ellos, cómo viven, el trabajo diario, la ida y vuelta a un mismo lugar como si nunca hubieran salido de sus casas, en auto, en metro, en micro, jamás a pata, a nadie se le ocurre caminar como si lo hubieras inventado tú. Los fantasmas, como los llamas mientras cruzamos la avenida Huérfanos y maldices los autos que no se detienen, los fantasmas que roncan por la noche luego de amar al vacío y de programar sus relojes para el espanto de mañana. Es el orden de la vida —dices— y jamás se preguntarán si en alguna parte les tomaron el pelo, algo que también tienes metido en la cabeza, pero al revés del resto.

Quieres que vayamos a La Unión, parece ser el único bar que conoces. Me cansé de proponerte otros lugares, no sé, el Barroco, el Café de la Plaza si todavía existiera, que por lo menos tenía cuadros para distraerse cuando empieces con tu lata, aunque en realidad con tu pinta no creo que te hubieran dejado entrar.

La Unión está lleno de jovencitos disfrazados de *hippie*, los estudiantes de las universidades privadas del barrio tomando desde la mañana en vez de ir a estudiar. Algunos te saludan llamándote el Filósofo, te dan de beber de sus vasos e invitan a la mesa. Te excusas porque andas conmigo, de seguro por la tenida *sport* y el celular en mano, tienes el local entero dado vuelta hacia ti y me señalas como tu gran impedimento para no quedar mal con nadie. Hay una mesa desocupada donde caminan y ponen sus huevos un montón de moscas. El mantel de plástico estampado con flores está pegajoso. Sigues saludando y yo viendo cómo la señora que nos va a atender pasa un paño inmundo antes de sentarnos. Me siento mirando hacia la puerta para tener una visión de la plaza mientras hablas y hablas. Le dices "Lo mismo de siempre", y nos trae un Santa Carolina Tres Medallas.

Sí. Estoy harto de juntarme contigo cuando no hay nada entre nosotros. Como si no fuera suficiente llegar a la noche y preguntarme si no soy un fantasma después de todo. Presa de lo cotidiano, un mañana que es igual a hoy, y no tener nada que hacer al respecto, levantarme y quedar al rato desocupado, dejar que la rutina se apodere de mí, las cosas que son así porque sí, como si la verdadera vida nos hubiera dejado al otro lado de algo. Te puedo encontrar un poco de razón, alguna vez creí en ti a pie juntillas, pero lo que no acepto es que por eso los otros tengan que desaparecer, tratarlos de idiotas, autómatas, seriados, darles duro que los fantasmas no existen y les da lo mismo, no te escuchan, tienen callos en los sentidos.

Te tomas al seco el vaso que lleno. Veo cómo se aceitan las bisagras de tu cuerpo gastado, recuperas el color en las mejillas, el brillo en los ojos. Se te suelta la lengua para que vuelvas a dártelas de saber la verdad, para que contradigas todo. En el fondo te juras lo máximo, aunque vivir te cuesta más que a nosotros. Por ti demolieran todos los edificios viejos, en vez de esta ciudad de cristales sobrepuesta a la otra, la que nunca termina de construirse y que dejan botada a cada rato para hacer nuevas casas a la moda. La fundación de la ciudad que se repite cada tanto con un nuevo estilo y cada vez más lejos del antiguo centro, quitándole terreno a las siembras, como si hubiera que arrancar del horrible pasado, dejarle a los rotos esas inmensas casas para que las arrienden por piezas, donde viven familias enteras en unos cuantos metros, el aporte de los cuicos a la falta de viviendas económicas. Aunque sentado al frente de mí tomándote el segundo vaso parezcas feliz, hablando de las casas viejas para entretenerme, sé que solo tengo que esperar tu próximo comentario.

Sí, eres el único vivo entre fantasmas, queriendo ser más que los otros. Nadie te podría corromper, eres intocable, nada del consumismo te gusta, jamás se te ocurriría comprarte algo. Nos llamas fantasmas por eso, nos miras en menos porque cobramos vida por las cosas que compramos, invisibles cuando no tenemos plata. Pero como no soy de mentira vengo a mandarte a la chucha, no vale la pena discutir contigo, ni siquiera te entiendo ya, te vas a quedar de verdad solo. En serio, ahora sí que hablarás por hablar, los vagabundos no van a ser los únicos que valgan la pena, serán los únicos que tendrás, nadie tratará de devolverte a lo real. Es claro que te cargamos y nos estás haciendo un favor.

Así y todo me llamaste para que nos juntáramos esta mañana de sábado. Le dije a la Gorda que otro día iríamos a comprar esas repisas Hágalo Usted Mismo al *mall*, inventando que tuve que ir a la oficina por trabajo, no sabría entrar a explicar, ya ni se acuerda de ti. Es otra que no se la pudo y prefirió entregarse a una vida hecha: dejar a los niños al colegio, matar el tiempo en la oficina, volver a buscar a los niños, pasar al gimnasio, salir con el Gordo (que soy yo) a comer o al cine. Alejandra está terminando su magíster y tampoco esperará a que te decidas por ella. Tendrás que quedarte de vago de ahora en adelante, viendo cómo nos arruinamos la vida para siempre, cómo se nos metió la enfermedad del consumismo en el cuerpo.

La verdad es que no entiendes nuestra vida. Cuando ves a alguien con terno hablando por celular debes pensar que yo también soy así. Ni se te cruza por la mente el miedo a la pobreza de quienes fueron pobres, te rodeas de puros vagos sin ningún deseo de superación y vienes de una familia con plata. No sabes lo duro que fue salir de la población, a donde jamás pienso volver, después irme a esa casa vieja donde arrendaba una pieza con un solo baño por piso; cuando te tocaba el turno, tenías que hacer de todo aunque no tuvieras ganas, hasta lavar la ropa en la tina, porque estaban los otros esperando afuera, golpeando la puerta y mirándote feo cuando salías al pasillo. Tu caso no es el de quienes solo tienen la calle, ellos no piensan lo que hacen a partir de otros, esos que quisieran tener un celular aunque no funcione, una cama donde dormir en vez de un rincón afuera de una iglesia. Deben saber mejor que tú lo que es tener una mujer, ya que no la han tenido; no como tú, que la desechaste. No tienes ni idea de por qué se agrupan por las noches alrededor del fuego hecho de trapos viejos y diarios, por qué les gusta ver revistas de las grandes tiendas antes de lanzarlas a las llamas, donde salen electrodomésticos y ropa *sport*, deseando lo que no pueden tener. No te das cuenta de que ellos son los fantasmas que viven mal su realidad, aunque se diga que nacieron así y no tuvieron elección. No como tú, nada justifica que estés entre ellos, solo por dártelas de rebelde, por hacerte el pobre escondiendo tus grandes apellidos con esa estúpida idea romántica de la aventura de la vida, vivir solo para ti sin rendir cuentas a nadie, viejas ideas que nadie comparte sobre un mundo extinto.

Sí, claro, existen proletarios que ahora son grandes empresarios. Nadie los toma en serio en realidad, pero son productivos y eso es lo que importa. Salen en la tele o en las revistas de moda diciendo que todos pueden ser como ellos, pero hay que trabajar duro y esforzarse mucho. Entonces los verdaderos pobres, a quienes no les queda más que creer, hipotecan lo que tienen para pedir un préstamo al banco y poner un negocio, duermen amontonados en una misma pieza, pero tienen Netflix y son emprendedores, así el engaño se extiende a otros. Están orgullosos de ser sus propios jefes, lo único bueno que les pasará, antes de que caigan en la cuenta de la deuda que los dejará durmiendo afuera de una iglesia.

Con los vagabundos llegaste hasta la ropa y el olor nomás. Vives la indigencia de lejos, como esos tipos que después sacan un *best seller* de cuando eran adictos o con la receta de cómo bajaron cincuenta kilos en dos meses. Por eso te voy a mandar a la chucha, tu toma de posición es una mentira, eres el último de los nuestros, pero igual a nosotros, aunque sonrías displicente y me pidas el celular para observarlo como a un bicho raro, la distancia que a cada rato debes remarcar haciendo entender que eres mejor por eso.

Ahora alegas que no te cuento nada mío, como si lo tuyo fuera algo tan personal. No creo que seas más que la cáscara que muestras, te vas quedando afuera, no eres el que conocí. Por eso, cuando termines lo que tengas que decir, agarraré tu cochinada de monólogo y lo botaré al tarro de la basura, los fragmentos de una novela que sacas de tu abrigo apolillado y esparces sobre la mesa. Tú sí que has vivido en la marginalidad, es de carne y hueso tu texto, ahí quieres permanecer. Después pretendes buscar otra vida miserable y ponerte a escribir sobre ello. Me hablas de un torturador de la dictadura a quien llamaban el Guatón Vargas, a quien has visto más de una vez pasearse con tranquilidad por el barrio, porque piensas que hay que dejar testimonio de ello para que no vuelva a ocurrir. Puedes escribir lo que quieras, me da lo mismo. Entre los que no te pueden hacer la collera eres poderoso, poder nacido de la miseria, pero se hace polvo cuando vienes a mostrármelo, porque estás fuera de tu territorio. Aquí serás siempre irrelevante, no corres riesgos en medir tus fuerzas, ya no me toca. Aunque sea el mismo juego que jugamos todos los días con otros, con quienes ni conocemos, de la casa a la oficina ganándole al escarabajo o a la citroneta en la pista de al lado.

Sí, antes te miraba para arriba, en esa época en que era solo un *junior* y arrendaba una pieza en el palacio Larraín, la inmensa casona abandonada a su suerte por esa familia, donde tenías una con Alejandra. Eso era una toma de conciencia para ustedes, una acción de arte el alejamiento de sus familias arribistas, no como yo, que salía con lentitud de la miseria de origen. Yo lamentaba que se nos acabara el balón de gas en el piso y la ducha fuera con agua fría, mientras que para ustedes era lo auténtico, la vida develándose en su cruel esplendor. Me daba vergüenza confesarles a mis compañeros de oficina que vivía en Moneda con Cienfuegos y no tenía teléfono, lo que para ustedes era romper con las ataduras del consumismo.

Te reías de que no colgara mi ropa mojada en el cordel del pasillo porque tenía miedo de que me la robaran, prefería tapizar con diarios el piso de mi pieza. Te reías de mi cuenta de ahorro para la vivienda, las chauchas que guardaba aunque pasara hambre todo el mes. Te reíste también cuando me ascendieron y apreté cachete lejos de esa casa.

Sí, te reíste tanto de mí, como esa vez que me invitaron a su pieza y quedamos muertos de curado, y le empezaste a sacar la ropa a Alejandra delante mío. Siempre había querido ver sus tetas, ese pezón grande que se marcaba clarito en las blusas *hippies* que usaba sin corpiño, en esa ocasión las tenía a mano. Se las empecé a agarrar, tú me mirabas y nos reíamos. Te enojaste cuando ella dijo que quería hacerlo conmigo, que salieras al pasillo y después te llamábamos. Casi me pegaste, ya no te podrías reír de mí. Estaba bien compartir con los rotos, pero nunca tanto como la mina, podía terminar gustándome. Ya no era que me prestaras sus tetas, sino que la mina misma se me daba. A pesar de ti, ella lo tomó y jugó con él en su boca hasta dejármelo durísimo.

Y después intentó llevarlo entre sus piernas y empecé a moverme antes, enfermo de caliente.

Saliste de tu atontamiento, no podías dejar las cosas como estaban, tenías que hacer algo. Abriste mis nalgas para ensartármelo cuando aún no entraba en ella. No alcancé a nada, solo a salpicarle el vientre. Ambos escapamos de tu risa, cada uno por su lado se salvó de ti. No contabas con que ella fuera a tomar en serio tus juegos y que yo empezara a nombrar a Alejandra cuando lo hacía con la Gorda, algo que todavía no me perdona. La odió por eso, pero también a ti, que es lo que importa.

La cosa no terminó ahí y fuiste a pedirme disculpas, no sabías qué te había pasado. "Nos podríamos juntar de nuevo, con la Gorda también, es tan simpática". Desde entonces no tengo ganas de saber de ti, así que dije que les avisaba cuándo, aunque no sucedió. Llegaron ustedes a verme una noche con una amiga de Alejandra. De puro calentón, salí a llamar a la Gorda y le dije que me habían mandado con trabajo para la casa, así no fuera a llegar. Tenía que ir a la oficina al día siguiente y tú traías más y más botellas de vino a mi pieza. Después de unas cuantas, de nuevo le empezaste a sacar la ropa y su amiga, que se llamaba Consuelo, me dijo que no le gustaba mirar sin hacer nada, si no era mucho que le diera un beso. No lo pensé dos veces, se lo di y con lentitud empecé a deslizar mi mano debajo de su blusa, también sin corpiño.

La tenías en pelotas cuando Consuelo me llevó hacia la alfombra y le empezó a chupar las tetas a Alejandra, mientras tú le trabajabas abajo. Estabas muerto de la risa y hasta me dejaste tomárselas de nuevo y que después se lo pusiera en la boca. Nos tenías atontados con tu mujer, podías hacer lo que quisieras con nosotros a través de ella. Te acercaste a Consuelo, pero ella solo quería con Alejandra; yo había olvidado tus amenazas de la vez anterior y estaba a punto de montármela. Entonces dejaste de reír, no ibas a aceptar que ocupáramos tu lugar, nos quedaríamos con las puras ganas de ser como tú. Me empujaste de encima de Alejandra y se lo clavaste con furia, a la pobre Consuelo le metiste casi todos los dedos, no podía ni moverse. Apenas pude llevármela a mi cama, no la querías soltar. Para que también te odiara, se lo hice llamándola Alejandra, Alejandra, la mujer que fuera era Alejandra. Después me di cuenta de que igual te habías reído de mí, pero no de lo que tú creías. Puedo estar con Alejandra contigo o sin ti, eso es lo que no entiendes, nosotros existimos cuando no estás presente y tenemos vida propia.

Alejandra sí fue a verme y lo hicimos muchas veces cuando todavía estaba contigo. Jamás me llamó por tu nombre, la verdad es que ni siquiera hablábamos de ti. Y tú sabes que ha estado conmigo. Una noche que fui a su departamento de Huérfanos con Riquelme, al que se cambió para estar cerca de ti, se asomó por la ventana con las tetas al aire para señalarme hacia las afueras de la Basílica del Salvador, donde te ponías con los vagabundos. Sé que me viste detrás de ella, acostado ahí en el suelo, envuelto en harapos tomando de una botella y mirando fijo al quinto piso. La tomé de las tetas y le di besos en el cuello mientras la empujaba para adentro; después no, mejor hagámoslo aquí mismo, apoyando sus manos en el marco de la ventana. Los otros vagabundos se reían y gritaban que le diera duro: "Mándese una por nosotros, compadre, que se vea desde la Torre Entel". Daban lo mismo, solo contábamos Alejandra, yo y tú allá abajo mirándonos. Se lo metí por detrás con toda la furia de tener que hacerlo así. Jadeé lo más fuerte que pude para que se notara que la impulsaba, para que te quedara claro que ese juego era tuyo y nos había quedado gustando, aunque ya no te diera risa.

Nosotros seguíamos vivos y tú solo en nuestra memoria, hacíamos lo nuestro a pesar de ti, impulsados por ti, claro, esa es nuestra única flaqueza. Nos dejaste solos, ahora no eres más que una causa perdida. A veces nos miramos a la cara con Alejandra y sé que quiere que me vaya, porque quieres recuperarlo todo e invades su memoria.

En esas ocasiones, se levanta de la cama y sale del departamento. Te llama mientras baja las escaleras. Una vez en la calle se detiene a tocar los materiales de las antiguas fachadas, tratando de guardarlos en las manos y en los ojos, dice que el vendaval del tiempo se los llevará pronto, alejándose aún más su posibilidad de recuperarte. Atraviesa la plaza Brasil y, bañada por los focos, busca las tres lagunas que antes tenía la plaza. Debe encontrar el sitio donde estuvo una de ellas, la laguna de las almas perdidas; de lo contrario, perderá tu alma. "Debajo de estos juegos de Federica Matta debe estar —dice ella—, estos monstruos coloridos de cara sonriente la esconden, se quieren hacer pasar por laguna porque es como el restaurante Los Chinos Pobres, donde antes estaba el antiguo Teatro Alcázar, donde antes estaba un galpón donde vendían autos, donde antes estaba…". Cómo saber si estuvo allí la laguna que le nombraste para que saque tu alma mojada y la guarde, mientras tu cuerpo sarnoso y piojento se descompone fuera de la Basílica. Has visto a

Alejandra cuando pasa por el Paseo de los Huerfanitos hacia la avenida del Brasil, envuelto en trapos viejos y apenas iluminado por las llamas pobres, porque uno de los vagabundos, que está chiflado, transmite su paso con un celular que está malo puesto en su oreja.

Alejandra no está mucho rato en la plaza. Conozco su itinerario, quiere salir de nuevo corriendo, esta vez al palacio Larraín, porque entiende que el alma queda en los lugares que se habitaron. Cuando la niñita bien dejó su casa por seguirte, juntos se convirtieron en vagabundos bajo techo, los *hippies* totales a costa de los papás de ambos. Abandonaste tu trabajo para dedicarte a escribir y tus papás cortaron la limosna. No te hiciste problemas, pedías una colaboración voluntaria en la calle por tus poemas, las copias únicas de tu gran talento.

Alejandra toca el timbre de la antigua pieza de ustedes. Toca y toca, nadie sale a abrir. Llora un rato sentada en la cuneta, llora porque estás peor que muerto, por la misma razón que te voy a mandar a la chucha, porque te olvidaste de ti y en eso nos olvidaste.

Luego de eso, vuelve al departamento. Nadie más que ustedes, los vagabundos, la han visto por la calle. No salgo como antes a correr detrás de ella. Espero fumando tendido en la cama, cuando llega la abrazo y vamos a la ventana. Me pongo detrás y hacemos el amor asomados. "Sí, asomados, así me gusta, que sepa todo, que no haya secretos para él", dice Alejandra. Sé que tarde o temprano también tendré que irme, está igual de loca que tú y no da para más ser tu fantasma, alguien que debiste haber sido y que he tenido que ser por ti. Además, la Gorda empieza a sospechar, no puede ser que tenga que trabajar tanto por las noches.

No creo que vayas a hacer lo que Alejandra dice, mientras llenas de nuevo el vaso y prendes otro cigarrillo: "Cualquier día de estos golpeará la puerta y todo será como antes". Esas noches en que le baja la nostalgia por aquello que se quedó para siempre en otro tiempo, que podrá volver, pero nunca igual, porque lo que se fue no existe, como un lugar por el que a veces pasamos y nos recuerda a otros que no son lo que eran.

Me preguntas si sabía que donde está el restaurante Los Chinos Pobres había a principios de siglo un gran galpón. Allí vendían autos, los primeros Ford y Overland que llegaron a Chile, los datos irrelevantes que coleccionas. Te das vuelta y miras hacia la plaza, abres los ojos y los entrecierras asombrado, como un loco mirando algo que no está, pero haciendo como si existiera y debiera estar ahí; es el signo de que te vas quedando solo. Alejandra prefiere tu recuerdo a ti, los últimos vamos partiendo y los vagabundos no te sienten como uno de ellos, a lo más están contigo porque les compras comida y vino con la plata que te doy.

No seguiré metiendo el dedo en la herida, ni daré mi opinión sobre tu escrito. No estoy obligado a ello, tampoco a pasárselo a Alejandra para que la sigas asustando. Insistes y me lees:

esto lo narro yo, en noches de luna llena, cuando me fragmento en las historias contadas para fabricarme una nueva máscara, el vagabundo a quien nadie en el mundo mira, cuyo nuevo rostro se va conformando a la luz de la luna:

yo, el narrador, que entra en hospitales donde médicos malhumorados se distraen mientras atienden a pacientes, sintiendo que su vida transcurre en otra parte:

yo, el delator de antiguos torturadores, que han dejado marcas y signos dispersos por la ciudad como si quisieran ser descubiertos:

lugar donde vida y muerte confluyen, por todos los cuerpos que vendrán que serán su cuerpo sin ella, como un narrador de esta y otras historias que convergen en sus fragmentos, cuando siento que empiezas a recorrer mi cuerpo con tu boca, a través de su cuerpo que tomas de mí, y me tomas como a ella entre tus manos para llevarme a la ventana, para que los fragmentos vuelvan a reunirse en el espejo de mis ojos que ya no ven, de este cuerpo que no es mío, sino tuyo a través de ella:

yo, el vagabundo tendido cerca de la hoguera, máscara de un fuego eterno que regresa de tiempos anteriores, quien maneja la magia de las palabras y sus perdidos sonidos, donde las apariencias son también signo y máscara de lo que hay bajo la oscuridad de la noche, soy todos ellos a partir de los pedazos que conforman mi nueva máscara:

máscara que se descubre a medida que leemos, fragmentos de una historia mayor que no logramos comprender, remedos de un disfraz que se zurce cada noche para mantener la imagen de lo real, retocada noche tras noche, porque no hay otra realidad que la inventada, noche tras noche, la única realidad posible a partir de estos disfraces y máscaras y juegos que nunca abandonamos y terminaron jugando con nosotros, unos pordioseros alrededor de unas llamas, los trajes viejos y rasgados que son un puro disfraz para entrar a una realidad empobrecida, y el fuego la máscara de lo que permanece a través de los tiempos, las máscaras y los disfraces que nos permiten entrar en la vida:

y lo único que queda es la poesía, escritura que trae de vuelta a los ausentes, máscara de un reencuentro que alguna vez fue posible, la prueba de que hubo un tiempo de encuentros y amores, algo más que este deambular por calles nocturnas donde a nadie le importa una mierda lo que sea del otro:

lo narro yo, en noches iluminadas por la luna, atravesando muros de otras épocas, donde todos son el mismo personaje y a su vez ninguno, en cada fragmento de una historia inconclusa, por más que se persiga un final sin más preámbulos, develando por fin la cara oculta bajo la máscara, una bajo otras máscaras que recupero para siempre, en un solo cuerpo, ese cuerpo narrado que soy yo, yo que no soy nada, nada más que un montón de diarios y trapos viejos arrojados a las llamas

Sombras de una vida que no entiendo y son de puro papel, pienso, fantasías de niñito rico haciéndose el loco hasta el último momento.

Pones cara de asco cuando el sonido de mi celular nos interrumpe. Es la Gorda, quiere saber a qué hora llegaré a almorzar para poner una lasaña en el microondas. Te ríes al oírme decir que voy saliendo de la oficina, después cuelgo. Bueno, tú sabes lo que creo, ¿cuántas veces quieres que te lo repita? Hace tiempo tendrías que haber terminado con esta vida de pordiosero. No sé para qué lo digo, nada te hizo cambiar y ahora me da lo mismo, puedes desaparecer otra vez en tu locura.

Corto tus palabras y me levanto para pagar en la caja. También te pones de pie y vas a despedirte de los jóvenes. Paso por tu lado y salgo. Esta vez no voy a esperar, caminaré rápido hasta el auto y me iré de inmediato. Siento bocinazos al cruzar la calle, pero no miro. Cuando estoy abriendo la puerta me alcanzas. Estás delante de mí, ansioso y sonriente, como esperando que te mande a la chucha. No te daré el gusto, intentaré calmarme y te pediré de la manera más cortés posible que no me llames, no acudiré. Quiero estar tranquilo sin saber de ti, que termines olvidado en un tiempo lejano que no existe, quizá alguna vez pase manejando por el barrio y me pregunte qué habrá sido de ti.

Como siempre, sacas de mala gana la billetera para pasarme lo que tienes. A mí, el vagabundo maloliente que nunca se iba a dejar corromper. Un soborno que acepto y nos pone el uno frente al otro de igual a igual, antes de que te subas al auto, me dejes con la mano estirada sin despedirte, enciendas el motor y huyas a tu otra vida tan cómoda y almidonada, el extraño mundo de tarjetas de plástico que pueden comprar lo que sea y de aparatos sin cable que te hablan. Unos perros persiguen las ruedas ladrando hasta el final de la cuadra, para que termines por irte a la chucha, lejos, muy lejos de estas calles que crees abandonar.

III

*... la libertad de no ser nunca lo mismo
porque los harapos no son fijos, todo improvisándose,
fluctuante, hoy yo y mañana no me encuentra nadie,
ni yo mismo me encuentro...*
El obsceno pájaro de la noche, José Donoso

El orden de las vidas

A las siete de la mañana el teléfono suena. Torpe por el sueño y todavía borracho, lo boto del velador al buscar el auricular. La máquina contestadora nunca funciona cuando debe hacerlo. Una voz lejana repite aló contra el suelo. Tiro del cable y el teléfono aterriza sobre la cama. De La Central me piden que viaje esta tarde a Valparaíso. Quedaron en no llamar hasta la semana que viene y pienso en mandarlos a la cresta, pero recuerdo que pronto vence el plazo para pagar la pensión alimenticia de mi hijo.

No pensaba en pasar por la clínica, ahora debo ir a recoger mis instrumentos. La noche la pasé tomando una botella de gin sin acompañamiento: ni bebida ni personas. El televisor sin apagar ahora luce la señal multicolor. Anoto los datos que me da la telefonista y luego hago picadillo el papel, así es como mejor recuerdo.

Paso de largo hasta las tres de la tarde. Abro los ojos sintiendo la cabeza apretada. Me tomo unas cuantas aspirinas, un antiácido y entro a la ducha. No quiero buscar ropa limpia y agarro la del día anterior. La hora de los atochamientos de automóviles se acerca, todavía debo pasar al cajero automático antes de ir por los instrumentos quirúrgicos.

Camino hacia la puerta, me detengo por si hay mensajes en la contestadora. Rebobino la cinta mirando el departamento sin muebles. Sale la voz de Matías.

—¡Hola, papi! ¡Hola, papi! ¡Hola, papi! He marcado tres veces y me repites lo mismo siempre. Eres fome. Debes estar durmiendo, mi mamá dice que trabajando ni por si acaso. Era para recordarte que me pases a buscar mañana. Quiero ir al zoológico o a Fantasilandia. Mi mamá dice que si quieres puedes llamarla al trabajo. ¡Chao, papi! ¡Chao, papi! ¡Chao, papi!

No estoy para escuchar las estupideces de siempre. Isabel repetirá que la plata que le doy no alcanza, luego amenazará con llamar a los pacos y contarles en qué estoy trabajando.

Mientras me encuentran otra consulta, atiendo a domicilio. El edificio de calle San Antonio ya cumplió. Pasé por dentista, pero en ninguna parte se puede estar tranquilo durante mucho tiempo. Varias veces me crucé con una vieja al cerrar en las tardes. Al principio pensé que estaba aburrida de su vida y, como en los pueblos, salía a ver a la gente pasar. Pero en este negocio no se puede confiar en nadie y ahí estaba siempre, entrándose apenas me dirigía a los ascensores.

Las piezas de trabajo están en el lavatorio, la enfermera las dejó allí sin limpiar. Con un cuchillo tengo que rasparles la sangre seca antes de ponerlas bajo el chorro de agua. No me es útil, pero resulta imposible despedirla, correría el riesgo de que me delate. La Central se encarga de esas cosas, les pido que me manden a otra cuando se ponen confianzudas. Un colega alega lo mismo, me ha llegado la mujer con que él trabaja y a él le mandan la mía. A pesar de todo, preferimos mantener a la misma gente, pero para el trabajo de hoy no la necesito.

Una vez en Valparaíso nadie puede decirme cómo llegar al pasaje en auto. Mientras manejo pienso en Isabel y cuando vinimos de luna de miel al puerto. Nunca tuvimos claro si Matías fue concebido en esos días, pero nos gustaba creer que fue así. Encuentro una calle que sube a los cerros y después de muchas vueltas llego a una tal avenida Alemania. El motor de mi escarabajo tiene un ruido raro tras el viaje. Paro en una curva y miro las luces del muelle y los barcos anclados. Una micro pasa rápido, remeciendo el auto. Chófer de mierda. Cierro el auto y empiezo a bajar por un callejón sin luz. Tengo que volver a subir por una escalera que huele a meado. Después camino sobre unas planchas de zinc y con garabatos, devuelvo los gritos que vienen del interior de la casa. Tropiezo con adoquines mal pulidos, se me están agotando las pocas ganas de trabajar. El mar desaparece tras los edificios del plano.

De pronto, veo los faroles estilo inglés. Pasaje Atkinson.

Me siento en un banco para calmar la respiración. Todas las casas son pareadas y de jardines estrechos. Saco del maletín la pistola y la guardo en el bolsillo interior de la chaqueta, siempre la llevo en caso de complicaciones. Cerca de mí, una pareja se besa. Ella apoya su espalda en la baranda y él a ratos aprieta su cuerpo contra el fierro. Siento como crece pegado a una pierna, así que prefiero no seguir mirando y busco el número de la casa. Antes de tocar el timbre, me arreglo el calzoncillo para que no se note.

Pregunto por Sol Cisternas, aunque no creo que sea su verdadero nombre. La mujer que abre indica la escalera a la derecha, la entrada está en penumbras y no alcanzo a verla. Supongo que sabe a qué vengo, por eso me deja pasar tan rápido.

Subo con lentitud los escalones, crujen a cada paso. No veo y mi frente choca con la puerta. Después de eso, pienso que no es necesario golpear y busco la manilla.

A través de una ventana alta a la izquierda entra la luz del farol del pasaje. Muy cerca de la puerta hay un montón de papeles, deben estar sobre algo así como una mesa. Una cama corre a lo largo de la pared del fondo, bajo la colcha abultada reconozco la forma de un cuerpo. Camino por la pieza pisando papeles a mi paso y me detengo al lado de la cama.

—Soy el médico de La Central, usted pidió nuestros servicios.

—Por favor, siéntese —dice una voz casi de niña—. Hay un piso debajo de la ventana.

Me acerco a la ventana y miro hacia afuera. La pareja sigue ahí, él le ha levantado una parte de la falda y la empuja con fuerza contra la baranda. Alguien pasa delante de ellos sin siquiera echarles una mirada. Como broma tengo ganas de abrir la ventana y asustarlos con la pistola, pero la que se hace llamar Sol me saca de mis pensamientos al reacomodarse bajo la colcha.

—¿Dónde está el baño? Necesito que el agua esté siempre corriendo.

—Es una puerta al lado de la escalera.

Camino pisando papeles de nuevo. Quiero terminar lo antes posible, no he comido en todo el día. Luego iré por un mariscal caliente y unas cervezas para arreglar la caña, conozco una picada en la plaza Echaurren. Quizá me quede a dormir en algún hotel. Me levantaré temprano para echarle un vistazo al motor del auto, Matías espera que lo recoja antes de mediodía.

Encuentro la luz del baño. Comienzo por sacar del maletín las mangueras para conectar una a la llave del lavatorio, cuando oigo decir a mi espalda:

—Señor… no haga todo eso… no quiero hacerme nada. No fue idea mía que usted viniera.

Miro hacia la pieza, solo veo la luz del pasaje sobre el techo. Trato de recordar el procedimiento que tiene La Central para estos casos.

—Usted debió decirnos que no estaba segura cuando llamó. Por las molestias que ha ocasionado tendrá que pagar extra, eso corresponde al doble de lo acordado.

—Pero yo no tengo esa plata —solloza.

—Vaya a denunciarnos a los pacos, si quiere. Pero no puede, porque usted está involucrada. Mientras no haya leyes, nosotros ponemos las reglas, señorita.

En ese momento, la puerta de la escalera rechina. Salgo del baño.

—¿Necesita alguna cosita, doctor? —Es la voz de la mujer que me abrió la puerta.

—Señora, no me gusta que me molesten cuando estoy trabajando.

—Bueno, doctor. Le quería avisar que voy a estar acá abajo, por cualquier cosa.

Espero a que baje la escalera antes de continuar recitando. Le digo que podrá cancelarnos en cómodas cuotas, un hombrecito vendrá todos los meses a recoger el dinero. Y pobre si se cambia de casa, porque entonces también tendrá que pagar por el trabajo de localizarla. Siento que llora debajo de la colcha, para mí es más fácil hablarle a alguien que no mira.

A punto de salir de la pieza, me acuerdo de la pensión alimenticia. ¡Para qué habré firmado esos papeles! Antes de venir saqué lo último que había en la cuenta. Necesito que los de La

Central me depositen pronto, pero para eso tengo que llamar y avisar que el trabajo está hecho. Y nada de mentiras, ellos siempre se enteran cuando uno negocia con alguna clienta. A trabajo pedido, trabajo hecho, ese es el lema. Es el maldito prestigio de seriedad lo que hay que mantener. Por lo demás, no es difícil descubrir si uno ha hecho el trabajo: basta con que alguien pase en un par de meses y vea si su cuerpo se infló.

No queda otra que acercarme de nuevo a la cama. Le digo que el trato está hecho y la tomo de los brazos para llevarla al baño, pero empieza a pegarme patadas en el abdomen, así que saco el arma de mi chaqueta y le doy golpes con el cacho donde supongo está su cabeza, hasta que no se mueve. Respiro con dificultad, estoy nervioso. Busco por las paredes el interruptor de la luz, pero no lo encuentro. Vuelvo a la cama y retiro la colcha. Está vestida hasta el cuello. Levanto el suéter, desabrocho el pantalón y se lo saco. Abro sus piernas. No sirve de nada buscar las mangueras y hacerlo como corresponde, apenas veo mis manos. Entonces saco las balas y la cubro con un guante de goma. La voy metiendo lo más derecho que puedo y empiezo a girarla adentro. La devuelvo a la superficie entibiada por su cuerpo.

Qué tamaña huevada acabo de hacer. De pura angustia empiezo a tirar los papeles que hay en la pieza sobre la cama. Siento náuseas y vomito lo único que carga mi estómago hoy: el gin de la noche anterior. Tengo miedo de tomarle el pulso, pero lo hago. Su muñeca late. Claro, ahora podré llamar para que me depositen, aunque La Central no se la va a jugar por mí con el trabajo de joyero que acabo de hacer. Para celebrarlo podría entrar Isabel cantando acompañada por un orfeón de pacos. Sí, tendré que desaparecer durante un tiempo.

Vuelvo a la escalera, abajo está la mujer que abrió la puerta. Hay una luz encendida. Pienso que no pudo haber escuchado gritos, porque no los hubo. Viste de negro y de sus hombros cae un chalón de lana. Tiene pómulos grandes y un moño tensa el pelo medio cano. Quiero decirle que no es tan terrible como parece, a lo más quedó estéril, pero no puedo. Cuando abre la puerta, estoy asustado.

Una vez afuera, la mujer retrocede con lentitud desde el umbral. Me mira todo el rato antes de perderse en la penumbra. No puede ser de otro modo, ha sido ella quien contrató los servicios de La Central. Es cierto que podría reconocerme, pero no, no me delatará, solo hice lo que ella pidió. De aquí me voy cagado, adiós a Matías hasta quién sabe cuándo. Pronto su hija podrá seguir con su rutina de hija, ahora que devolví el orden a sus vidas.

Ausencias de noche

Y el espejo se rompe y la luz se desvanece.

Carta a Alejandra Pizarnik, Rubén Vela

Despierto como si no hubiera cerrado los ojos en toda la noche, con el *bip* del despertador traspasando el umbral de mi sueño hace tanto rato que no sé si lo estuve soñando. Ya no estás en la cama, has empezado la rutina y afuera aún está a oscuras. Siento el horrible olor a parafina y sé que enciendes la estufa esta mañana, como todas desde que se nos vino el invierno encima. Estarás en el sombrío pasillo que une con los otros departamentos, soportando con los ojos entrecerrados el humo negro que sale de la mecha y las quejas de la vieja de al lado que nunca duerme, gritando detrás de la puerta que ese no es el lugar para eso, que contaminas su aire, como si ella no nos intoxicara con sus gritos y malos tratos.

No hay caso en seguir acostado, tu entrada a la ducha es como la sirena de una patrulla militar cortando la noche, y el denso olor a parafina como tus manos zamarreando las sombras para despertarme, me obligan de mala gana a ponerme de pie y relevarte bajo el chorro de agua. Como todas las mañanas, el cansancio juega la contraparte, deseando que el despertador aún no hubiera sonado y que tú siguieras al otro lado de la cama, con la estufa encendida hace horas y sin mal olor esta mañana.

Salgo de la ducha, me seco a la rápida y refriego el espejo empañado para ver mi cara demacrada. La piel de gallina, el desodorante, la ropa que hay que ponerse para terminar la simulación de que estoy de nuevo despierto porque así lo parece. Llego al desayuno —café y galletas de vino— y me desconcierta ver que te has ido antes que de costumbre, dejando el aire entibiado, pero sin ti. Es raro que te vayas sin un beso y sin ordenar el nudo de mi corbata. Repaso en mi mente tu horario de clases los viernes, no encuentro la razón de tu apuro.

Camino a mi trabajo en la financiera, me pregunto si te gustaría que un día cualquiera me olvidara de que estás ahí, yéndome apenas estuviera listo o pretendiendo vivir una existencia aparte bajo el mismo techo. Sé que piensas que no hay que hablarse para saber lo que el otro quiere, y ha resultado que muchas veces sabes mejor lo que yo quiero. Plantaste ese plátano oriental en la jardinera de cemento bajo nuestro edificio, porque sabes que me encantaría ver un follaje de árbol en las tardes de verano desde el *living*. Nos gusta pensar que si no fuera por ti, el municipio jamás habría empezado a hacer lo mismo con el resto de las jardineras, la avenida Bulnes aún sería una triste calle de cemento. Me he detenido a tocar los nudos del pequeño tronco, todavía sin hojas. En un par de años será tan alto que adornará como un gran racimo verde nuestro departamento. Me digo que no debo olvidar bajarle un balde con agua por la tarde al volver de la oficina.

Es la hora del almuerzo y me asomo por la ventana del edificio. No hay copas de árboles que tapen mi vista. Abajo, la gente se apretuja en el Paseo Ahumada y, por escribirte esta carta, no alcanzo a hundirme y forcejear entre ellos para ir a comer algo. Los clientes pronto volverán, con sus rostros suplicantes y las rentas trucadas para solicitar que les apruebe un préstamo. Vuelvo al escritorio, me distraigo ordenando los formularios de distintos colores según el trámite, esperando a que suene el teléfono, porque es la hora en que usualmente levanto el auricular sabiendo que eres tú. En la radio dan una noticia sobre el presidente general y su exitosa gira por las regiones del país. Un periodista extranjero (es probable que no sepa lo osado que está siendo) se atreve a preguntarle por los desaparecidos. Debe haberlo pillado de muy buen humor, porque se larga a relatar una anécdota sobre una señora de Santiago que daba por muerto a su esposo y que, en un viaje al norte, lo descubrió viviendo con otra mujer. Supongo que en cualquiera otra ocasión me hubiera divertido su comentario, pero hoy no, nada está saliendo como debería. No son las cosas que haces, claro, soy yo que no quiero entender tu mensaje. Sé que te gusta ser impredecible, aunque conmigo te resulte justo lo contrario. Es como si te diera la espalda para seguirte a través de un espejo, rastreando el curso invertido de tus sorpresas.

Por darte un ejemplo, recuerdo aquella tarde de comienzos de verano en que nos íbamos a juntar a la entrada de la feria artesanal del parque Bustamante. Te esperé en vano y no llegaste, la recorrí varias veces sin dar contigo. No pude hallar dónde te escondías, desde qué rincón me seguías en secreto. Como siempre, estarías en el departamento cuando regresara, así que no me preocupé. Sabía que esa pequeña ausencia era una más de las piezas para armar tu sorpresa, porque me tendrías de regalo lo único que me había gustado al recorrer los puestos: el cencerro que soplé a disgusto de la vendedora y no pude comprar porque debía pagarlo en dólares. O cuando tuviste dudas con la escritura de tu memoria y te acompañé al Pedagógico en Macul para conversar con el profesor López. Antes de que llegara te desapareciste, no sé adónde, y yo que nunca había visto al profesor, lo reconocí de inmediato por las señas que recordé de una conversación anterior —la humita roja que siempre llevaba puesta y la barba larga que nunca se limpiaba de la saliva que escupía cuando se entusiasmaba hablando—. Me acerqué a él con tus escritos, aguardando a que terminara de hablar con unos estudiantes. Tuve que tomar nota por ti, un poco disgustado porque al menor descuido partías como loca, tal vez a conversar con algún viejo compañero al pasto de los jardines, mientras el profesor me plantaba la duda de si te habría pasado algo. Después, en el departamento, al leerte las correcciones que te envió, sacaste otro papel donde tenías lo mismo escrito, aunque con mayor detalle. Por cosas así tampoco intentaré ubicarte, no hay algo que pueda decir sin que lo sepas o que no esté considerado en una de tus sorpresas de forma previa.

Ahora que se acerca la hora de irme del trabajo, en esta tarde que ha estado floja por falta de clientes, no dejo de pensar en la sorpresa que planeas hoy para mí, mientras estás allá en la escuela marginal donde haces clases. Vuelvo a asomarme a la ventana y veo la misma muchedumbre de la hora del almuerzo, de manera apresurada ahora se esconde bajo sus paraguas.

Recuerdo esa primera tarde cuando creímos descubrir para siempre nuestros pensamientos, en las cartas que nos enviábamos sentados frente a la Fuente Alemana del parque Forestal. Empezó a llover igual que ahora. La tinta corría por las hojas que escribíamos y se borraba como si nada hubiéramos dicho, pero adivinábamos en voz alta las palabras escritas y nos las decíamos a la boca entre besos y suspiros, saboreando tu *rouge*, tu saliva amarga y tibia a cigarrillo. ¿Qué más podíamos hacer en aquella realidad tan terrible, sino pretender que paseábamos con tranquilidad por parques iguales a los que conocimos? Preferíamos que nada fuera verdad, como pompas de jabón que no queríamos reventar, mirando tu bello rostro en el espejo de otro tiempo, en la memoria repetida de los días que eran un eterno presente sin futuro.

Salgo de esa reflexión para encontrarme de nuevo en la oficina, sentado con tristeza en el escritorio, solo y con un lápiz en la mano, escribiendo una carta de lo que ambos no deseamos confesarnos: que cada cual despierta por su lado y no entrelazados como antes, rehuyéndonos en los pijamas que no nos sacamos, evitando hacernos el amor al fingir que estamos cansados. En la tinta corrida de esa primera tarde no viste mi mentira, que no soy ingeniero comercial como te dije, sino un simple empleado financiero, un administrativo, o como quieras llamarle; eso no puedo mezclarlo con lo íntimo de nuestro diálogo. Es algo que por vergüenza evito mencionar, lo mismo que escribo mejor de lo que hablo, busco las palabras que suenan más bellas para regalártelas, hablo pomposo solo para ti, porque cada vez que te largas con tus anécdotas universitarias recibo en silencio los golpes que agravan mi desventaja y que he aprendido a sobrellevar, pues no soportaría darte otra desilusión. Aunque sé que lo sospechas desde que obtuviste el diploma y pediste el mío para colgarlo al lado del tuyo, pero te dije que no lo retiré en son de protesta porque había que pagarlo, excusa que se ajustó a tu forma compañera de pensar y te hizo sentir cierto remordimiento, ya que tú sí lo tenías.

Después que haya lavado las tazas y cierre la oficina, iré con la carta por la calle de cara hacia la lluvia, te entregaré la hoja manchada por la tinta corrida esperando que la leas en mi presencia, deseando que vuelvas a entenderme como esa primera tarde en que inventamos las reglas de nuestro amor, empapados de nosotros mismos. No quiero que la mires y digas que sabes lo que dice; yo, herido, la arrancaré de tus manos para archivarla junto a tantas otras y releerla cuando no tenga importancia. Te pediré que la hagas tuya, que volvamos a encontrarnos aunque sea en las palabras, a pesar de que después vengan los reproches por la falta de plata que no alcanza ni para un disco, por los hijos que postergamos para tiempos mejores, por las mil horas perdidas frente al televisor sin hablarnos, los pretextos que no existían en aquel entonces y que nos han convertido en algo parecido a esta rutina oficinesca de nunca acabar.

Al salir del trabajo, cruzo la Alameda y arranco del torrente interminable de micros. Sigo un camino que antes no he hecho —sin bajar como siempre las escaleras del metro para llegar a la otra vereda—, pasando por la Llama de la Libertad, el altar erigido por el nuevo gobierno sobre la tumba de O'Higgins y que ninguna lluvia podrá apagar. Creo que me acerco demasiado, unos soldados de guardia me apuntan y piden los documentos. Sorprendido por la detención, dejo caer tu carta. Intento recogerla, pero un bototo la pisa y rompe. Mientras me preguntan dónde vivo, me agacho de nuevo para tomarla, explicando que es solo un papel y no quiero dejar basura alrededor de un monumento tan importante. Se ríen de mí y me devuelven los documentos. No hay para qué enojarse, después de todo, ¿qué más se les puede pedir? Son solo milicos. No me la quitan ni preguntan más, eso es un alivio que mantiene el hilo de intimidad estrictamente entre nosotros.

Tú los odias con una pasión que nunca he comprendido, adquirida una vez que entraste a estudiar Filosofía, cambiando las minifaldas y blusas con vuelitos por las chombas largas y los zapatos de Jesucristo, como me gusta llamar a tus sandalias *hippies*. Te encontraste con algo distinto y asumiste una realidad que no era la nuestra, eso nos separó del mundo que construimos, donde no cabía más que el amor. A pesar de tus críticas, colaboro con no involucrarme, ya que recuerdo la inestabilidad en que vivía nuestro país antes, cuando intentaron derribar las antiguas tradiciones y quedamos envueltos en el caos. Por esa época nos conocimos; a muy poco de andar nos casamos, salvándome de no tener que preocuparme de nada más que de ti, solo trabajar para que estudiaras y fuéramos de vez en cuando al cine.

Retomo mi marcha por la avenida Bulnes, topándome con la vieja solterona que es nuestra vecina, la que no soportas porque observa cada movimiento del edificio y sus alrededores. No deja moverse ni una sola hoja sin que la contemple desde su ventana, dices tú. Me mira con sus grandes ojos con bolsas, sin saludarme y apurando el paso, como si temiera estar cerca de mí. Antes me preguntaba por ti, a qué hora entrabas a tu trabajo, a qué hora salías; de pronto, nada. No sabría qué responder si alguna vez te creyera ida, nadie sería capaz de entender que tu ausencia es un juego entre ambos; claro que ahora las reglas las pones solo tú.

Paso a comprar unas botellas de pisco para el fin de semana, aunque sé que no te gusta que tome, pero ¿qué más puedo hacer si te da por no hablarme? Veo el sol en la etiqueta del envase, el mismo que se oculta tras las nubes hace ya varios días.

Cuando entro al departamento, me encuentro con el tibio aire. Te nombro y no respondes. Siento el olor a parafina. Lo único que se me ocurre es que aún estés en la escuela —en algún consejo de profesores o corrigiendo pruebas—, tal vez yo haya dejado la estufa encendida por la mañana.

Es inútil permanecer sentado y fingiendo estar tranquilo, me percato del desorden de tus libros. Me levanto y los apilo sobre la mesa, no vaya a ser que regreses y te encuentres con que han quedado esparcidos por cualquier lugar. Después me siento y sirvo una caña de pisco puro. Me la tomo con urgencia.

No quiero ni pensarlo y lamento no haber querido saber sobre eso, sobre tus mítines políticos, porque ahora creo que en realidad en eso estás, con los barbudos y las muchachas que no se depilan con quienes te juntas. ¿Y si planean la locura de un contragolpe, contigo a la cabeza y sin que me entere de ello? Ahora estoy seguro de que la estufa no la apagué al salir por la mañana. Algo impaciente, rasguño el tapiz del sillón, mientras giro la perilla y la llama se extingue.

De madrugada y borracho, empiezo a desmoronarme sobre el sillón, abatido por la prolongada espera. Mientras escribía esta carta, confiaba en que sería otra sorpresa tuya. No quiero seguir jugando, sino pedirte que salgas de tu escondite, de cualquier escondite donde te encuentres o te hayan llevado.

Bajo a tientas la escalera para regar nuestro pequeño árbol aunque recién haya llovido, con el balde chorreando por cada torpe paso que doy. Existe este árbol y está aquí afuera, no me he quedado atrás por nada. En él seguiremos vivos, en esta especie de hijo nuestro que hemos plantado, en su pequeño tronco que crecerá con nuevas hojas. La vieja solterona se asoma a la ventana con sus grandes ojos de sapo con insomnio. Ella mejor que nadie sabe lo que pasó, pero nunca hablará; si a su pesar lo contara, no tiene más que esos ojos con los cuales nunca podré ver qué te sucedió. Le grito hacia arriba que hasta cuándo está mirando, qué es lo que quiere. Sorprendida, se entra y no la veo más. Me quedo en silencio. Una sirena suena a lo lejos, disparos perdiéndose en la noche. Pero no es ella ni nadie en esta ciudad quien retira el velo de mis ojos, son las noches las que destruyen los días, cuando por todos lados siento tu presencia en cada cosa que hago, en cada lugar al que voy.

Con el trago me mantengo en la penumbra de la conciencia, adormilado para no darme las explicaciones que justificarían este tiempo detenido, hasta que vuelva la mañana a salvarme y me pueda levantar y avance por el día con la esperanza de encontrarte al regresar del trabajo. Eso, abrir los ojos por la mañana —momentáneamente lúcido— y ser como los rostros ilusionados que atiendo en la financiera durante el día, estar feliz y expectante como ellos al esperar un préstamo, porque volveré a verte por la noche. Y vivir las horas de trabajo, aceptando todas las solicitudes de préstamo aunque no tengan con qué pagarlo, pero ¿qué me importa eso, si puedo hacer a alguien feliz, como lo estaré cuando te vea más tarde?

Entonces continúo acompañándote en mis pensamientos, tranquilo en mi escritorio, sabiendo que haces clases en una escuela pobre. Rastreo tu probable itinerario durante todo el día, escribiéndote cartas en los ratos libres, lamentando el tiempo que hemos perdido en malentendidos y enojos. Pero a medida que avanza la tarde, mi frustración revela que las cosas que no son como debieran ser, algo que no puedo dejar de repetir hasta que llega la noche, cuando abro la puerta del departamento con la ciega ilusión de encontrarte y descubro —una y otra vez— que he vuelto a llegar tarde, te han llevado durante mi ausencia, desapareciste para siempre por la noche.

Tiro al aire

Voy por la calle de todos, pero no figuro en la ciudad. Siento una canción *rockera* dentro de mi cabeza todo el tiempo. No tengo nombre propio, la moto que manejo le pertenece a alguien desconocido, voy a retirar los dulces a la casa de un tipo en quien no se puede confiar, para repartirlos entre gente de la que no quiero saber más que de sus vicios.

Me adentro por Santa Rosa. Después de muchas cuadras encuentro una calle que entra a la población. La Legua sigue casi igual cuando cae la noche. Hay más animitas con velas encendidas que en mi última visita, también pacos de civil parados en las esquinas. Se distinguen a lo lejos, de ellos hay que tener cuidado, mucho paco joven con ganas de ser héroe de algún noticiero.

Estos no son mis territorios, lo mío es Viña y sus alrededores. A cada rato escucho en la tele sobre traficantes que caen en cana en esta población. No deben tener a nadie más a quien enviar, por eso me pidieron que viniera a recoger los dulces de La Legua.

Hace solo un rato venía tranquilo por la carretera conduciendo la Harley Davidson. Manejaba *cool*, despacio, sin incitar a ningún paco a detenerme. Tal vez alguno me reconociera si paraba, los de entonces somos los mismos, solo que algunos no quieren acordarse. En estos años casi he llegado a sentirme otra persona. Cada cual siguió en el negocio que pudo, lo nuestro se deshizo y tuvimos que buscar otra pega. He visto a algunos que están de guardias de seguridad en bancos, de detectives privados; en fin, una vergüenza para lo que fuimos. Hasta yo tuve que trabajar en cualquier cosa: un tiempo de conserje y otro tocando teclados en la banda de cumbia de una parrillada, algo muy denigrante para mi antiguo estatus. Tampoco habría sido lo mismo reincorporarse a la vida civil, estábamos dañados para siempre por haber tenido un infinito poder. En estos días perdidos falta la mística de antes: nosotros atravesando la ciudad en pleno toque de queda con nuestro ruido de sables y recogiendo a los que estaban en la lista, los vencedores jamás vencidos, dueños de la noche.

Los reducidores de La Legua cumplen con su laburo punga como siempre. Paro en una esquina y pregunto por el Yoni. Dicen que hay muchos Yonis, a cuál de todos busco. Saco el papel con la dirección que me dio la telefonista. Me ofrecen su polvo rasca que rechazo, y me piden unas monedas a cambio cuando digo que no voy a comprarles. Que se vayan a la mierda, ando en son de negocios y después se las verán conmigo, les digo. Es cierto que estoy gordo, fofo y tal vez no inspiro mucho miedo, pero todavía doy unos golpes que nadie ha atajado. Después de titubear señalan unas calles hacia el sur y dicen que tenga cuidado, los pacos andan de ronda. Reconozco para mis adentros que me gusta jugar al rudo, al malo de la película, no por nada ando vestido entero de cuero y manejo una moto más grande que yo.

En el escondite de Viña que me tienen, hoy llevaba tres *whiscolas* en el cuerpo cuando saqué el espejo del baño para tirarme una línea. Estaba nervioso. Siempre creo que un día cualquiera llegarán a buscarme, y no precisamente para otra misión. Pero las horas pasan sin que suceda nada y vivo en una tensa espera de nunca acabar. Se había acabado la botella de *whisky* y tomaba una de pisco.

Sentí que tocaban el timbre y miré por el ojo de la puerta, pero no había nadie. A veces me ocurren cosas así. Para no pasarme más películas era mejor no pensar, así que volví a la mesa de vidrio. Miré el diario de cualquier ayer mientras sacaba el carné. El año del Gallo y el mes de Escorpión. Mala conjunción de cuadrantes, las estrellas me condenaban. Arrojé el diario lejos. Esperaba una llamada hacía días y el teléfono nunca sonaba. Por mientras necesitaba hacer algo, como enrollar un billete y mandarme otra línea.

Por un rato me alegré, volvían las ganas de conversar con alguien. Como estaba solo encendí la tele, cuando el teléfono por fin sonó. Era de La Central, me ordenaron que recogiera un cargamento. La telefonista dictó la dirección del lugar, calle, número de casa y por quién tenía que preguntar. Además, dijo que era un contacto nuevo, así que había que moverse con cuidado. ¿Por quién me tomó esa maldita, por un principiante? Esperaba el llamado hacía días y pensé en mandarla a la chucha, ¿quién se creía para darme órdenes sobre cómo hacer mi trabajo? Aunque sería mejor después, quizá fuera el gran golpe, así me largaría de una vez por todas de esta mísera vida.

Para celebrar por adelantado, me puse otra línea y un largo y quemante trago directo de la botella. ¡Basta de tóxicos, a trabajar! No se puede ser un buen vendedor si uno es cliente al mismo tiempo.

Antes de salir sonó de nuevo el teléfono. Era la clienta frecuente de la Maga: nada por aquí, nada por allá, le había oído decir a sus amigos. Plana como una tabla la pobre, sin tetas ni poto, solo una inmensa nariz para jalarse lo que fuera y una boca igual de grande para meterse lo que le pusieran por delante, la muy drogadicta. Se escuchaba una música de fondo y me habló a gritos. ¡Manga de pendejos narcoturistas venidos de Santiago! Le dije que no era el Richi, se había equivocado de número y no vendíamos ácidos. Esperé a que mis palabras surtieran algún efecto y después se la canté claro: aunque fuera el tal Richi, por ser tan huevona tampoco le vendería. ¿Cómo se le ocurría preguntar a secas por ácidos? ¿Creía que mi departamento era un *coffee shop* de Holanda? Tenía que hacer un pedido de dulces finos, encargar grabaciones inéditas de Los Beatles, cualquier *huevá* que se le ocurriera, pero que no fuera tan terriblemente obvia, no estaba ni ahí con que me pillaran por culpa suya.

Me dijo que, ¡puta!, la perdonara, Richi, fue la volada del momento nomás, que la dejara ir a comprar y no fuera mala onda, tenía caleta de plata.

Respondí que me importaba una raja su plata. Podía venir, siempre y cuando no se estacionara frente al edificio ni se quedara pegada en el citófono.

Me dijo que como yo dijera, Richi, y que la perdonara de nuevo.

Así había que tratar a los clientes para que no se pasaran de listos. No tenía ácidos, pero de todas maneras pensaba salir antes de que llegara.

Un colectivo pasa rápido pegado a la cuneta, remece la moto y me saca de mis pensamientos. ¿Qué se ha imaginado? Acelero y pelo forro, levantando la rueda delantera de la moto. Los reducidores de la esquina me hacen barra. No la va a sacar gratis. Estoy a punto de aplastarle la maleta del auto con la rueda, cuando diviso un furgón de pacos avanzando por la cuadra en sentido contrario. Me han visto y es peor arrancar, despertaría sospechas. El colectivo toca la bocina, los esquiva y sigue su camino.

Los pacos hacen que baje de la moto y piden mis documentos. A estos tipos parece que los reclutaron de *Área doce*, me trajinan el cuerpo de arriba abajo. Los dejo cumplir con su rutina, no tienen ni idea del poder que hay detrás de mí. Si se atreven a llevarme da lo mismo, se los refriego en la cara mientras bajo los brazos y saco un pucho. Llaman por radio, dan mi nombre, mi número de carné. Espero tranquilo, confiado en los contactos que aún tenemos. Confiscan la petaca de pisco y preguntan qué ando haciendo por ahí. Lo que me temía: pacos nuevos, malditos *boy scouts* nocturnos, seguirán con sus preguntas.

Hay uno que reconozco de otra época, ahora usa bigote y tiene el pelo entrecano. Es el que manda. Miro sus grados: ahora es capitán. No me reconoce, aunque regresa a mí la certeza de que no debo salir mucho a la calle, por lo menos durante un buen tiempo. Revisan de nuevo mi identificación, constatan algo por radio. Todo parece estar en orden. Les digo que ando paseando, nada más que eso, un ciudadano tiene derecho a trasladarse por donde quiera. No, la verdad es que me perdí y trato de volver a Santa Rosa. No me hacen caso, agregan que suba a la moto y desaparezca de la población, no me quieren volver a ver en la noche. Si se topan de nuevo conmigo me llevan preso y me fichan, entonces les dará lo mismo quién sea yo o qué haya hecho. Me devuelven el carné y advierten, mientras miran la moto, que hay muchos patos malos rondando, que tenga cuidado. La plata que me confiscaron también me la pasan. No porto nada y el copete si quieren se lo dejan, se los regalo, les digo. Al subirme a la moto pregunto con descaro por el Yoni. Señalan que unas cuadras hacia el oriente, hay un narcotraficante con muy malos antecedentes a quien llaman así. ¡Cómo no se les ocurre! En definitiva los pacos son tontos, igual que antes, supongo que desde siempre. A veces dicen cosas sensatas, pero no son ellos, es el reglamento que habla a través de ellos. Parto pelando forro.

Después de dar varias vueltas por calles angostas, encuentro la guarida del tal Yoni. Es una casucha igual de ordinaria que todas, con una reja baja y un estrecho antejardín que solo se distingue del resto porque no ha sido rayada. Adentro suena una canción de Víctor Jara. Las conozco del cuartel, algunos las usaban en los interrogatorios.

Saco la pistola del compartimiento de la moto y la guardo en el bolsillo interior de mi chaqueta, es mejor prevenir que lamentar. Cerca unos cabros en calzoncillos chapotean en la posa de barro que se ha formado alrededor de un grifo de agua, en plena noche. Deben ser sapos porque se levantan y me quedan mirando cuando toco el timbre.

Pregunto por el tal Yoni. No está en casa, dice una vieja guatona que se ha asomado desde la puerta entreabierta. No, tampoco volverá luego. Le digo que soy el vendedor de los dulces de La Legua, habían quedado de acuerdo con el Yoni para que los retirara. Cierra la puerta y me deja esperando un buen rato. A lo lejos suena una sirena de pacos. No entiendo cómo a esta gente que tiene plata le gusta seguir viviendo en la pobla, entre redadas, quiltros tiñosos y calles de tierra. Los rotos no conocen otra cosa que ser rotos, me digo.

El tal Yoni es en definitiva un punga más del barrio, no como nosotros que por lo menos tuvimos un sitial de honor en un momento dado. No sé cómo La Central hace tratos con gente así. Se creerá un traficante de primera, el muy piñufla, sin mostrar la cara nunca. Ahora de la casa sale una cabra chica con un inmenso mono de peluche, llega hasta la reja, pasa el mono por encima de los barrotes y me dice que lo cuide, se llama Yoni. No entiendo si es una mala broma de la vieja guatona, quien debe estar cagada de la risa al otro lado de la puerta. Por una costura abierta en el poto, palpo su relleno. Es lo que he venido a buscar, pero no es esta la manera en que trabajo, hay que sentarse en el *living*, probar la calidad y después pesarla. Con la cabra chica al otro lado de la reja, toco de nuevo el timbre. Me dice que está sola, su abuelita salió por la puerta de atrás. Estos huevones han visto mucha tele, andan demasiado espirituados. No sé qué hacer, no saco nada con hacerle algo a la cabra chica, me figuro que la mandaron porque sacaron la cuenta y pueden vivir tranquilos si algo le pasa.

Después del mono de peluche y la tierna entrega, igual me dan ganas de ser bromista. La niña me mira desde el otro lado de la reja, como si esperara que le diera un mensaje. Anda con *shorts*, polera y a pata pelada, una niña más de la pobla. Los niños que jugaban en el barro se han ido acercando. Me preguntan con un "oiga, caballero", si soy tira. Les digo, sonriendo, que no, pero si tipos como yo no existieran, los tiras no tendrían pega. Me vuelvo hacia la reja. El recado para el Yoni va a ser que ella no esté. La agarro por debajo de los hombros y la subo para pasarla por la reja. No sé bien lo que hago, quizá me estoy metiendo en un gran lío. Los cabros chicos empiezan a gritar: "¡Tío Yoni, los tiras se están llevando a la Jocelyn!". Es probable que me sigan enviando desde La Central, así que esta gente tendrá que aprender a hacer tratos conmigo, aunque deban ir al Marina Arauco a buscar a la cabra chica. Al tal Yoni y compañía les hará bien salir de la pobla y tomar un poco de aire fresco costero.

La acomodo sobre el estanque de bencina y partimos. Va silenciosa, bien agarrada al peluche, ni se mueve. Parece estar acostumbrada a las motos, ladea el cuerpo cuando doblamos en las esquinas, amortigua bien los hoyos por los que pasamos.

Trasladar cabras chicas a los cuarteles no era mi fuerte. Algunos superiores pedían que las lleváramos, decían que lograba su efecto y sus madres cantaban más rápido, pero no era verdad, se trataba de unos malditos degenerados justificando sus perversiones. Después de eso hasta las mujeres más duras se chalaban con el maltrato a sus hijas y era inútil seguir interrogándolas, el asunto estaba en llevarlas al límite sin que se volvieran locas, así no nos servían, no era ese nuestro propósito, sino que cantaran. Después solo quedaba sacarles la corbata por el cogote. No faltó el sentimental que quiso quedarse con alguna de las niñas mandándose a cambiar al norte o al sur del país, tipos que creíamos desaparecidos para siempre hasta que, claro, algún comunista de mierda los resucitaba en los libros que han publicado, creyendo que cuentan bien nuestras hazañas. Entonces dan ganas de tomarlos y sentarlos delante de uno para contarles la dura, para que así no anden sacando conclusiones propias y desinformando al país de lo que en realidad pasó. Me han contado que salí en uno de ellos con mi antiguo apodo, lo cual no deja de causarme risa y un secreto orgullo.

El horóscopo tenía razón, la buena suerte no me acompaña esta noche. Por la calle que doblamos hay una cuca, parece ser la misma que me detuvo hace un rato. Uno de los pacos lanza un tiro al aire. Estoy tranquilo y ellos también deberían estarlo, jamás se me ocurriría darme a la fuga. Nos iluminan con focos neblineros, conozco el procedimiento: gritarán que baje de la moto y ponga mis manos en la cabeza, mientras desabrochan el estuche de sus pistolas. Por eso estaciono la moto a media cuadra de la esquina donde se encuentran, bajo a la niña y después bajo yo. No hay caso, son demasiado tontos. Desde allá me gritan lo que sé: que ponga las manos en la nuca y me acerque caminando con lentitud hacia ellos. Tienen sus armas de servicio preparadas. La niña también levanta sus manos y está muy atenta esperando más instrucciones, acostumbrada como debe estar a las redadas.

Vuelvo a escuchar la canción *rockera* en mi cabeza. Podría dispararles a lo *far west*, todavía tengo tiempo para sacarla de la chaqueta de cuero. Primero me echaría a los que están al costado izquierdo avanzando hacia mí, después a los de la derecha, y solo dejaría al capitán de bigotes que se ha quedado atrás junto al furgón. Nada de eso sucede y camino lento cerca de la chica.

Miro al capitán mientras los otros toman una de mis manos, después la otra y me ponen las esposas. Tranquilo y sin rebajarme por las circunstancias, digo que lo conozco de otros tiempos, hicimos unos cuantos trabajos juntos. Me mira fijo y sin pestañear. Deja de hablar fuerte y amenazante, no ordena que me lleven al furgón. Casi parece que la niña no estuviera, una niña con un peluche no despierta sospechas. Solo soy yo y el capitán en ese momento. Frunce el ceño y concentra su mirada aún más en mí, como si lo hubiera sacado de un remezón del tranquilo y apacible sueño en el que estaba inmerso. Ambos pertenecemos a una época a la cual no podemos mentirle. Vamos, capitán, no nos vamos a traicionar ahora entre viejos camaradas de armas, después de tantas madrugadas cómplices, de cuidarnos las espaldas como si fuera la propia y de limpiar juntos las calles de tantas ratas traidoras de la patria.

El capitán no me defrauda. "Vargas, Guatón Vargas", murmura. Luego ordena que retiren las esposas. Nadie pregunta por qué andaba con una niña, uno de los pacos la tiene cogida del hombro. Voy hacia ella, le doy una palmada en la cabeza y sonrío, mientras tomo de sus manos el oso de peluche. Cuidaré bien al Yoni, no te preocupes. Luego me cuadro frente al capitán, una antigua formalidad que creo oportuna, doy media vuelta y camino hacia la moto.

De nuevo en la carretera, la canción *rockera* en mi cabeza se mezcla con el frío del aire y la furia de la velocidad. He detenido la moto para probar los dulces. Después de todo son de buena calidad, pero todavía no es el gran golpe. Aunque sí puedo decir, Yoni, creo que es el comienzo de una bella amistad. El peluche no sé para qué lo guardo, pero va en el compartimiento de la Harley Davidson con la cabeza asomada. También pienso en el capitán, en mis oídos suenan recuerdos de disparos y gritos. Solo una mirada cruzamos, lo justo para que comprendiera que hay misiones que duran toda la vida y algunos no hemos tirado la toalla, solo ha cambiado la manera de destruir al enemigo.

El enemigo interno

El micrero avanza lento entre la muchedumbre que cruza la Alameda. No piensa en detenerse y salto de la micro. A esta hora mucha gente viene de vuelta y los esquivo para adentrarme por Matucana. No alcanzo a ver el escenario de la concentración, aunque la amplificada voz de alguien me dice que todavía sigue. No me puse de acuerdo con nadie del partido para juntarme, dudo que los encuentre. En realidad eso era lo que quería.

La calle está llena de banderas. PPD, La Fuerza del Cambio. Las cortinas metálicas del Garage están abiertas. Prefiero entrar antes de que aparezcan los pacos y me mojen. Un tipo grandote que cuida la entrada dice que todavía no se puede pasar, están instalando los equipos para el recital.

No me quiero quedar parado afuera como un sapo, así que sigo por Matucana. Hay vendedores de chapitas del No, les habrán sobrado del año pasado. Cintillos *Lagos Senador*. Sánguches de potito. Gente que va, gente que viene. Atardece y el sol está en las últimas ventanas de los edificios. Por los parlantes alguien grita pestes de la ley electoral, pero que de todas maneras debemos aceptarla y sacaremos a los dos candidatos. Avanzo hasta que la masa me lo impide. Un poco más adelante diviso a Juan Pablo, compañero del partido, pero me da lata acercarme a saludarlo. Es uno de esos que ve infiltrados en todas partes.

Entro a una fuente de soda, de las pocas que están abiertas, me siento en la barra y pido una cerveza. No me gustan las muchedumbres, aunque es importante que haya harta gente y se note que somos más que los otros. Por la radio, entre canción y canción, la propaganda de los candidatos. En una mesa cercana a la barra, alguien le dice a su acompañante que el candidato a presidente debió ser católico, pero también socialista. Por suerte esta es la última concentración antes de las elecciones. Pienso que será bueno cuando llegue la democracia y no se hable tanto de todo esto.

En la calle corre gente, alguien grita que vienen los pacos, unos vendedores recogen los paños con su mercadería. Pago la cerveza y salgo. Están bajando las cortinas de los otros negocios y nos quedamos en un túnel. Me cuesta cruzar a la vereda del frente, debo sortear a los que intentan alejarse de la Alameda. Hay mucha gente ahora esperando afuera del Garage, su cortina también está cerrada. Se escucha el retumbar de la música adentro. Diviso a Marcelo, de esos vecinos que nunca se ven en el barrio, pero que uno se los topa en todas partes, y empujo mi camino hasta él. Me dice que conoce al iluminador y esperemos un rato, estamos seguros adentro. Conozco esos "seguros" y no confío.

Se levanta un poco la cortina. Un tipo se agacha y entra. Otro intenta lo mismo y lo echan. Alguien pide que nos dejen entrar, vienen los pacos. Empujan desde atrás y me sostengo con los cuerpos que tengo alrededor. Unas manos empiezan a levantar la cortina. Los guardias desisten de contenernos. Estamos todos adentro.

Pierdo de vista a Marcelo. Hay más gente de lo que hubiera esperado, prefiero quedarme al fondo apoyado en la pared. El lugar es grande, por algo antes lo usaban de taller mecánico, aunque ahora sea para fiestas y conciertos. Unas bailarinas se mueven en los balcones a ambos costados del escenario. Los Electro tocan una canción que no conozco, es su último recital y apenas los escuché. Quizá no me perdí de mucho, nadie baila su música, salvo las de los balcones.

Sí, es Priscilla, pasa entre los cuerpos apretujados para acercarse al escenario. Un foco amarillo ilumina su espalda. Lleva el horrible peinado de siempre, con ese moño tan tirante hacia atrás, pero el resto de ella me gusta. No logra pasar y espero a que regrese.

Cuando nos saludamos me pregunta si es que todavía vamos a los pueblos a enseñar a votar. Le miento, desde la celebración del 5 de octubre no me aparezco por la sede del partido. También quiere saber si mi papá volvió ahora que se puede. Le contesto que no piensa hacerlo hasta que se vaya el general. Parece que a ella le mentí, diciéndole que mi familia era exiliada.

Le ofrezco un trago de mi petaca. Ella es de la Jota y hemos hecho algunos trabajos juntos. Me dice que al otro lado están la Francisca y el Pinky. De tanto verse en la sede y de correr los mismos peligros en las protestas, terminaron pololeando. No tengo ganas de estar con nadie del partido y le digo que se está mejor aquí con ella. Entrecierra un poco los ojos y toma otro sorbo. Parece que lo interpreta como un cumplido, porque agrega que igual podríamos ir a otra parte, aunque antes quiere escuchar *El frío misterio*.

Es cierto que también está el Trolley, pero debe haber muy pocos lugares a donde ir, uno se encuentra con la misma gente a cada rato. Lo digo porque en el público también está la Paulina, hermana de mi ex. Un tipo que no es su pololo la abraza por la espalda, aunque en realidad qué me importan esas cosas. Su querida hermana no debió terminar conmigo la semana pasada, cuando la prueba para entrar a la universidad está tan cerca. No tengo deseo de perder otro año en un preuniversitario, sino de entrar a estudiar Medicina como quiere mi papá y no Música, como yo hubiera querido. Todavía estoy enojado con ella, pero por esta noche no quiero dar más vueltas sobre ese asunto.

Me siento solo entre la multitud, nadie espera mi llamada ni que llegue a alguna parte, en esta noche en que empiezan las otras noches, nombrando indiferente cosas que pasan por mi lado, moviéndome al costado de la oscuridad, de los ruidos, en este cuerpo que tendrá que seguir sin su cuerpo, entre cuerpos que no me dicen nada.

Como si fuera el éxito del momento, han tocado al final la canción que Priscilla esperaba. Luego que termina salimos, ha anochecido. No quedan rastros de la concentración en Matucana, pero aún no dejan pasar a los autos. La calle está mojada. Por aquí pasó el guanaco, le digo. Una micro de pacos apostada en la esquina con la Alameda nos vigila mientras caminamos.

No las conozco y sé que son de mala muerte, pero le propongo que vayamos a las cantinas que hay por Exposición. Ella tiene otra idea en mente, quiere ir a un lugar que está cerca de la calle Maipú.

Me pide que la espere en una esquina, va y vuelve. Como queriendo que me asalten, me quedo parado bajo el único farol que hay en la cuadra. El alcohol esconde los miedos, pienso. Veo salir a alguien de una casa y venir taconeando hacia mí. Con voz ronca dice que me lo hace todo por quina. Respondo que solo tengo cien pesos, mientras busco la petaca en mi bolsillo, por si intenta algo. Con gamba solo me alcanza para una soplada, agrega. Priscilla vuelve a aparecer y hace como que no ha visto al travesti. Me dice que vamos.

Entramos a un *cité* y tenemos que esperar en la puerta de una de las casas. Sale una pareja que se bambolea de una pared a otra. No hablo, dejo que ella haga el trato. Voy detrás por un largo pasillo oscuro con muchas puertas.

La pieza que nos toca no tiene luz. Buscamos a tientas la cama y nos sentamos. Priscilla saca un pito y lo fumamos en silencio. Su cara se ilumina cuando da una bocanada. Me lo pasa y le doy un beso, me trago el humo que bota. Terminamos de fumar y cada cual se saca la ropa.

Conversamos un rato hasta que se acaban las palabras. Suelto su moño y recorro con mis manos su larga cabellera. Sin ganas nos damos un beso, nos acariciamos y tendemos en la cama, nos vamos excitando. A punto de hacerlo, dice que le duele mucho cuando está con la menstruación. Se da vuelta y me ofrece el trasero.

Cuando lo hago te lo hago a ti, maldita, la que ha partido de su lugar, en esta noche en que empiezan las otras noches, en este cuerpo que separa de mí tu cuerpo, por todos los cuerpos que vendrán que serán tu cuerpo sin ti, en una noche maldita como esta, maldita noche.

Despierto con el sol en el rostro, estoy destapado sobre la cama. Me asusto al ver manchas de sangre en los muslos y debajo del ombligo. De a poco voy recordando. Priscilla no está y tampoco su ropa.

Me visto. En el pasillo escucho el tamborileo del *Diario de Cooperativa* que está llamando. Deben estar transmitiendo de la concentración de ayer. No me interesa escuchar lo que ya sé: tantos detenidos, como siempre, y más milicos a las calles para asegurarnos el orden, como siempre.

Salgo a la calle. Quiero comprar una Fanta en el negocio que hay en la esquina, para reponer la caña. En mi billetera falta la plata. Reviso mejor y veo que mis documentos tampoco están. Me envuelve el miedo. Mina *culiá*. Me paso mil películas: la Priscilla es una infiltrada y los pacos andan buscándome, o es de las que boicotean las elecciones y se las ingenia para robar carnés. Lo seguro es que de un golpe he quedado sin dar la prueba para la universidad ni votar.

Voy con la mente enturbiada y pensando en acusarla a su partido, pero eso después de sacarle la cresta. Por la Alameda pasan un montón de autos con banderas, además del furgón con el dedo de Lagos en la parrilla. Recuerdo la tarde en que con Priscilla y otros hicimos la estructura de alambre, la envolvimos en papel engrudado y después le pintamos piel y uñas al dedo que incriminó por primera vez al dictador en plena transmisión en vivo. No sé qué pensar. Tal vez le bajó la nostalgia por la noche que tuvimos y quiso guardar un recuerdo.

En el furgón diviso a la Francisca y al Pinky, hacen gestos para que me una a ellos. El semáforo está en rojo, pero no atino. El furgón se pone en marcha y me miran perplejos. Qué puedo decir, el juego se acabó. Adiós, adiós, digo para mis adentros, mientras contemplo el vendaval flameante de banderas perderse por la Alameda.

IV

El espíritu de los lugares

Cómo puede explicarse que su viejo, siendo tan hábil para los negocios, haya invertido en una caleta de mala muerte que ni en su mejor época llegó a ser balneario, piensa mientras camina a tientas en la penumbra, sorteando las zanjas dejadas por la lluvia sobre antiguas huellas de vehículos. El oscuro bosque de eucaliptus cierra ambos lados del camino de tierra. ¿Quién jamás ha escuchado hablar de Pan de Agua? Tampoco es que sea una auténtica caleta, sino algo así como un improvisado campamento de pescadores entre las rocas.

Casi de noche escucha el rumor del mar. Habría llegado temprano si no fuera porque el bus que lo trajo de Santiago quedó en *panne* cerca del cruce con la carretera. Desde el sendero que lleva a la casa contempla el corto hilo de luces que señalan el caserío abajo.

Abre la puerta y busca el interruptor. No pasa nada. Una cosa por arreglar. Tendrá que hacer una lista para que los maestros no le cobren de más. Encuentra velas en el mueble de la entrada, enciende una e ilumina a su alrededor. Ve los muebles que en su casa de Santiago han sido dados de baja y un rápido pestañeo de recuerdos cruzan su mente sin prestarles atención. Detrás del mobiliario, la pintura de las paredes se descascara y hay manchas de hongos. Cuando su hermano vivió en ella dejó que se pudriera, pero de algún modo tendría que sacarle algo de plata, ahora que debía vender todo y pagar la clínica que salía un ojo de la cara. Es mejor terminar cuanto antes lo que fue a hacer y busca algo para abrigarse. En el clóset bajo la escalera está colgado el antiguo *montgomery* de su padre.

Antes de salir ve su reflejo en el ventanal que mira a la pequeña bahía. Con el *montgomery*, su contorno simula el de su padre, pero la vela debajo del rostro le da un aspecto macabro. No será fácil tomar el control de los bienes de su familia con tanta escritura notarial que está no sabe dónde y, por sobre todo, llenar el espacio de su padre, aunque sea por un tiempo. Su imagen se apaga en el ventanal con el chiflón de viento que entra por la puerta.

Baja el promontorio en busca de un maestro. Dejará al tipo trabajando y volverá mañana mismo a Santiago. Quiere estar presente cuando su padre salga de los cuidados intensivos.

Una cuadra antes de la playa entra al callejón que empieza con la iglesia, donde una casa tiene la luz encendida. Golpea. La ampolleta lo encandila y nadie se acerca para abrir. Se pone a silbar como seguro hacen los pescadores entre sí, pensando que los sonidos también son anzuelos.

Un hombre corre la cortina y achina los ojos. Su rostro vuelve a las antiguas arrugas y desaparece tras la ventana. Al abrir la puerta, comprueba que es bastante viejo y está pasado a trago.

—¿Le vio cara de taller a mi casa? —Su tono es desafiante—. No hago arreglos, se equivocó de lugar.

Está a punto de cerrarle, tiene que romper su anonimato.

—¿Usted sabe? La casa que está arriba en el cerro, la que tiene un ventanal grande mirando el mar...

—¿Se aloja ahí?

—Es la casa de mi familia.

Los ojos del viejo se enrojecen un poco.

—Oiga, pero si hace años que no voy pa'l cerro...

Recuerda cuando cavaba hoyos en el jardín. Mientras habla, hace el gesto de tener un chuzo entre las manos, pero el patrón siempre se olvidaba de llevar las plantas desde Santiago y la lluvia, que arrastraba la tierra cerro abajo, los volvía a tapar.

—¡Ahhh…! Entonces usted es el otro hijo del patrón. —Estrecha con fuerza su mano—. Me alegra ver cómo ha crecido… pero este no es lugar para un joven.

Los viejos y sus historias, piensa, siempre nombrando algo que no existe. Lo interrumpe y repite que necesita ayuda, debe arreglar la casa para venderla con urgencia, su padre está muy enfermo.

—Claro, mañana mismo, después de la pesca, me voy pa'rriba. No me diga que ahora el caballero está enfermo… Una lástima lo de su hermano… tan joven… ¡Qué familia más golpeada! Pensar que fue hace tantos años ya… pero para qué recordar las cosas tristes del pasado, ¿no es cierto?

Sí, para qué recordarlas. Lo del inútil de su hermano fue más un alivio que una pérdida, no habría sido fácil tener a alguien en la familia a quien mantener por el resto de la vida.

Retoma lo suyo y pregunta si otros hombres de la caleta podrán ayudarlo.

—Mire, para no dejarlo con los brazos cruzados, vaya a la hostería. No puede perderse, es la única luz al final de la calle… ¿Sabe? Pensándolo bien, no sacará nada a esta hora aunque diga que va de parte mía, deben estar todos borrachos. Mejor váyase a su casa antes de que empiece a llover, yo les digo mañana.

Regresa a la calle principal. Sube con la mirada para volver a bajar por el camino de tierra oscuro y solitario, que corre desde lo alto del cerro hasta hundirse en la playa. Mientras camina ve los letreros oxidados de los negocios y los vidrios quebrados en algunas casas. Un paisaje capaz de deprimir a cualquiera. Su padre ha pasado allí temporadas enteras, en lugar de ir con él y su madre a Reñaca. Ahora también hay que vender la casa, aunque está seguro de que no le traerá problemas. Es de esa pocilga de Pan de Agua de la que teme no poder deshacerse. Ojalá le saque algo, con tanto extranjero excéntrico que llega hoy en día al país en busca de lugares tan cochinos y precarios como ese, a los que llaman auténticos y exóticos.

Se ubica en un piso frente al mesón, las redes cuelgan de las paredes. El ruido del mar atraviesa con suavidad las paredes y mantiene un rumor parejo adentro, como en una concha. Ve a tres hombres sentados en una mesa, iluminados por velas. Ninguno le presta atención, tienen la mirada hacia el interior, bebiendo de una caña que apenas despegan de la boca, casi respirando sus tragos. Se sienta dándoles la espalda y espera a ser atendido. Le parece raro que afuera tengan iluminación eléctrica y adentro velas, piensa que quizá la idea sea simular una ambientación natural que tanto gusta a los turistas. Siente las patas de una silla arrastrarse por el piso, un halo de luz avanza por la oscuridad y se mete detrás del mesón. Es un hombre macizo, moreno y panzón, con el pelo cano.

—Dejamos de preparar platos cuando se fueron los turistas —dice, al preguntarle si tiene algo para comer—. No hay otro lugar. Mejor hágase la idea de pedir una botella de vino, es lo que puedo ofrecerle.

Le explica que en realidad anda buscando hombres para arreglar una casa, el trabajo es poco y la paga buena. El viejo entorna los ojos y pregunta si es la de arriba en el cerro. Cuando le dice que sí, estira la cabeza por encima del mostrador y frunce el ceño.

—Era hora de que alguno de ustedes bajara. Tu padre… será tu padre el viejo ese… cuando viene mira con sus binoculares a los ahogados que encontramos en la playa, pero jamás nos ayuda. Debe creer que tuvimos la culpa por lo de tu hermano…

Escucha al viejo sin decir palabra. Diálogo de sordos. De su hermano recuerda dos o tres cosas: su estúpida risilla cuando lo subía a la moto y lo llevaba a toda carrera por la playa; las gaviotas elevando el vuelo a su paso; sus padres con cara de asustados persiguiéndolos. Después de muchas visitas a clínicas psiquiátricas, un día cualquiera dejó de verlo. Su padre dijo que prefirió quedarse viviendo en la playa, estaba de pescador o algo así. Pensó que lo habían llevado a vivir para allá porque así estarían más tranquilos. Al poco tiempo lo olvidó. Un día, cruzando el pasillo de la casa de Santiago, oyó que en el dormitorio de sus padres hablaban y se acercó a la puerta. Del interior provenía un leve llanto. Su padre decía que lo mejor era no decir nada; después de todo, nadie se acordaba del pobre. Por eso supo que no lo encontraría en la casa.

—No, señor, usted no entiende, quiero arreglar la casa para venderla...

—¡No te hagas el que no entiende, sé por qué has vuelto! Ya, está bien… quédate tranquilo, no tendrás que hacer nada. No te daré el gusto, yo mismo haré el trabajo por ti.

Ser el futuro heredero de su padre lo pone en alerta para develar oscuras intenciones. No permitirá que los habituales oportunistas que se dejan caer en estas circunstancias —y el viejo demuestra ser uno de ellos— vayan a robarles ni un céntimo. Tampoco se enojará porque hable así de su padre; eso es justo lo que quiere, provocarlo, y es probable que sea solo un disfraz para ocultar sus verdaderos motivos. Más le molesta la inútil y desvanecida existencia de su hermano, ahora que lo increpan por él. Trata de no enrabiarse y desentenderse del lugar. Piensa en su padre antes de que cayera enfermo, aunque su rostro fuerte y a la vez humilde se ha ido perdiendo detrás del otro, aquel pálido y marchito que asoma de la cama entre las máquinas que en pocos días han aumentado a su alrededor. Ahora se da cuenta de que partir a arreglar la casa fue una mala decisión, una maniobra precipitada producto de la urgencia de las circunstancias, las cuales en realidad iban por otro lado. Como el estudiante de Medicina que es, debió quedarse en Santiago acompañando a su madre, intercambiando información con los médicos, mientras esperaban la evolución del estado de coma.

De pronto, siente el ruido de un corcho saliendo de una botella.

—Te la dejo. No te preocupes por la plata, no cobro a los que de verdad lo necesitan.

Lo despierta el ruido que hace el viejo al recoger los vasos. Se ha dormido sobre la barra sin tocar el trago. Fue un gran descuido de su parte, esos tipos quién sabe qué podrían haberle hecho, pero el mal sueño de días y días en la clínica ha podido más. El viejo deja los vasos sobre una repisa, sale de detrás del mesón y tapa con un chalón a los hombres que duermen apoyados en la mesa. Luego sopla la vela y abre la puerta para cerrarla detrás de sí.

Queda a oscuras. La miserable vida que tuvo su hermano, piensa indignado, compartiendo sus días con esa gente mal nacida que le hace un triste favor al turismo, estos desgraciados que ponen palabras en su boca y creen saberlo todo sin que sea necesario hablar, como si el viejo hubiera esperado que llegara alguien para decir esas tonteras, queriendo devolverle una imagen desconocida de su padre que, por lo demás, piensa que debe ser falsa. Se pone de pie y sus pasos tantean en la oscuridad, enganchando sus dedos en las redes hasta que da con la puerta.

El frío le entra por el *montgomery* desabotonado y la brisa golpea su cara. Mira hacia el mar y, sobre una elevación rocosa, ve a San Pedro con su túnica de grandes pliegues y los brazos a medio extender. Sobre la arena, los botes rodean como feligreses la estatua, protegiéndose de las olas que revientan con gran fuerza. De pronto divisa a un hombre entre los botes. Parece ser el viejo de la hostería, pero apenas se puede llamar hombre a ese anzuelo vivo remolcando la embarcación hacia la agitada orilla. Envuelto en la espuma se encarama y casi vuelca al tomar los remos, tratando de enderezar la proa para enfrentarse al borrascoso mar.

Presagia la tormenta y corre hacia la orilla, pero ni él mismo oye los gritos que salen de su boca, ahogados por el vozarrón de las olas. El hombre logra dar curso a la embarcación y empieza a saltar las crestas de agua.

Permanece un momento en la orilla, observando que el bote se convierte en un punto difuso bajo las nubes, aparece y desaparece en el oscuro oleaje.

Vuelve a la calle principal imaginando el seguro y fatal destino de ese pobre diablo. Si se ahoga es probable que llegue la policía y haga preguntas, reteniéndolo en el pueblucho y demorando su regreso a Santiago. Piensa en despertar a los otros hombres y que juntos traten de rescatarlo, aunque con ese tiempo, ¿en realidad qué podrían hacer? Además, está cansado y ha empezado a llover. Siente un calambre en las piernas, el *montgomery* acumula agua y los bototos se hunden en el barro.

Llega a la casa sintiendo una ansiedad que no es capaz de reconocer, un extraño miedo guardado en el olvido. Toma una vela, pero no se decide a encenderla, frente a la posibilidad de que ilumine a su alrededor. Va hasta el ventanal y ve que el hilo de luces del pueblo está apagado. Es un suicidio adentrarse en el mar durante una tormenta, hay que estar loco para hacer algo así. Piensa en estupideces para justificar lo que ha visto. Tal vez Pan de Agua no tenga cementerio y los pescadores se entierren en el mar, un modo de devolver los peces que han robado. O quizá los hombres de mar pertenezcan a una sociedad secreta, siendo la culminación de su pacto el adentrarse por su propia mano para morir entre las olas, una manera de entrar al cielo que San Pedro les tiene reservado. Se convence de que el viejo ha sido una mala jugada de su imaginación, lo que vio no es lo que vio.

Eso no es todo. La lluvia golpea el techo, aunque le parece que el silencio guardado por los muebles y las paredes es más intenso. El espacio de silencio de los viejos muebles de Santiago y, por sobre todo, el que ha dejado su hermano al partir. Afuera el agua cae torrencial, mientras adentro las cosas siguen durmiendo, a la espera que alguien llegue para despertarlas. La soledad de los lugares que existen a pesar de que no los habiten y de que alguien, de forma absurda, crea que cobran vida cuando son ocupados. El lugar parece tener espíritu propio, moldeado por las tantas cosas dejadas de lado y las vidas que alguna vez lo habitaron. Así le resulta esa quietud inviolable, a pesar del ruido incesante de la lluvia en el techo. Ideas que lo asustan.

Hace algo para no pensar, para no ver su reflejo sombrío en los vidrios, para intentar creer que no está allí, sino en otro lugar. Hurguetea por un buen rato en el *living* hasta que, escondida debajo de la alfombra, encuentra la llave de la licorera. Abre el mueble y desnuda del papel celofán una de las botellas de Cutty Sark de su padre. Siente que ahora de verdad lo necesita. Se sienta a beber *whisky* frente al ventanal, luego de recorrer la casa con una vela que nunca enciende, atento a cualquier ruido extraño, sacándose el *montgomery* que estila y dejándolo caer sobre la alfombra, vacilando si abrir o no la puerta corrediza del ventanal mientras lo hace. Sentado enfrenta la tormenta, las ráfagas de viento y agua lo golpean, siempre tomando de la botella, quemándole la garganta, chorreando el líquido por el cuello, cayéndole desde el mentón al piso y mezclándose con el barro de sus bototos.

Despierta de un salto. Alguien golpea la tierra, es el viejo con el chuzo. El ventanal está abierto y su ropa toda mojada. Sobre la alfombra, la botella dada vuelta. Al ver que ha despertado, el viejo deja por un momento de hacer el hoyo y se acerca. Dice que no han salido a pescar por la tormenta de anoche y se vino temprano a arreglar el jardín. Él se aleja hacia adentro estornudando, luego vuelve con unos binoculares. Los hombres están reunidos en la playa a su alrededor. Sale de la casa, el viejo deja a un lado el chuzo y lo sigue cerro abajo.

Aunque tal vez al quedarse no alcance a llegar junto a su padre, llora sobre la arena, mientras los pescadores se arriman al cuerpo bajo la estatua.

Después de un rato, lo toman entre varios y van hacia la orilla. No es culpa de nadie, ha dicho el viejo. Más allá de no querer saber y dejar que otra vez se pierda en su recuerdo, el mar ahora puede llevárselo para que ellos descansen.

Cuento de hada

Se levanta de la cama, él todavía duerme. La primera luz del alba entra por la ventana. No empieza aún el ruido de autos por la calle Cienfuegos. Una patrulla policial que baja por Moneda es el último rastro de noche. Toca el helado vidrio con las yemas de los dedos. Las luces rojas de las casas de cita, al mirar hacia la Alameda, están apagadas.

No quiere ducharse. No solo porque en el piso donde vive se acabó el balón de gas, sino que entonces se irá el olor de su cuerpo. Se pone la polera de él encima con el estampado del hombre desnudo de Da Vinci. Vuelve a la ventana, apenas se refleja el estampado.

En el transcurso de la noche que durmió, no recuerda haber despertado ni una vez con el rechinar de dientes de él.

Al abrir los ojos, la ve parada en la ventana con la polera llegándole a los muslos. Piensa en sí mismo cuando de niño se ponía las camisas de su papá. Apoyando la cabeza en una mano, dice:

—Soñé que una sábana me tapaba entero y no dejaba que me levantara nunca más.

—Los pájaros cantan para que el sol se levante.

—Supongo que fue una pesadilla, pero no una mala.

—Voy a preparar café. El agua del Thermos debe estar caliente todavía.

Pareciera ser más pequeña aún al cruzar la pieza de techo tan alto.

—Primera vez que no te oigo morderte la mandíbula mientras duermes.

—Sí, es verdad, no siento dolor.

Cruza los brazos detrás de la cabeza y piensa que es un pequeño regalo de despedida. El radiotaxi pasará a las ocho para llevarlo al aeropuerto.

Aún es tan lejano ese momento, acostado en la cama viéndola verter el agua en la taza. Recorre con su mirada el cuarto otra vez, sin la angustia de querer guardar en su recuerdo hasta el último detalle. Piensa en la primera noche que fue a su taller y se quedaron conversando hasta mucho después de que se acabaron las botellas de vino y los cigarrillos. Oyeron las campanas de la Basílica y se fueron a la cama. Hicieron el amor cuando despertaron por la tarde.

Alguien grita en el pasillo. Piensa en la pareja de la pieza de al lado, Alejandra y al que llaman el Filósofo, quien el otro día les leyó unos fragmentos de una novela que está escribiendo, anoche fueron a invitarlos a una fiesta. "Entonces tenemos un motivo para festejar", dijo el Filósofo cuando ella se excusó por no poder ir "por un rato que sea", ya que él se iba temprano a la mañana siguiente.

Le extiende la taza y se sienta en la cama. "Me gustaría que algo pasara para que no tuvieras que irte", dijo ayer por la tarde cuando lo acompañó a comprarse camisetas. No volvió a mencionar el viaje. "No es que sea mala, es que no quiere quedarse sola", pensó que había querido decir con esas palabras.

Ella sostiene con ambas manos la taza y sonríe. Él, de nuevo, quisiera pedirle que lo acompañe, trabajará todo lo que pueda para mandarle el pasaje y pensará en esa pieza todos los días, los cuadros apoyados en las paredes, las esculturas de alambre colgando del techo, el guateado piso de madera del palacio Larraín. Y en ella —como nunca— con su polera y el tacho de café inclinado sobre su cara.

—Cuéntame tu vida otra vez.

Ella retira el tacho de su cara, debajo sonríe.

—Quizá mi vida dura menos que la hora que falta para que te vayas… para siempre.

Ese para siempre hace que su vida entera entre en un solo segundo, en un beso con sabor a café que apenas roza sus labios, en un rostro que se aleja como a través de una ventanilla. Piensa que a la mierda el prestigio que da hacer una especialización médica en el extranjero, lo más probable es que las visitas a las cataratas del Niágara y al Parlamento en Ottawa no serán más que dos o tres fotos. El tiempo real lo pasará encerrado en una pieza compartida con algún otro estudiante tercermundista, sentado en un escritorio y quemándose las pestañas mientras afuera nieva. Fumará poco y tomará poco para ahorrar todo lo que pueda y mandarle libros de arte, catálogos de exposiciones a las cuales nunca asistirá, porque allá sí se vive la cultura y ella es una tonta por no ir.

—¡Ya! Te pones tu ropa y te fuiste.

—¡Espera! Antes quiero contarte un cuento.

—Si es corto, sí, porque no me gusta andar apurada a último momento.

—Bueno… Había una vez un hada que vivía dentro de un ropero. El ropero era de tres cuerpos, pero de ella era la puerta del medio. Estaba en la pieza de un niño llamado Mameluco…

—Pero ese es un cuento para niños.

—Espera… El hada despertaba al niño cantándole en la noche. Era un juego que tenían entre ambos. Mameluco inventaba canciones durante el día y las entonaba para su hada por la noche.

—No, así no vale, lo estás inventando ahora usando el ropero de esta pieza y el cuadro que hice de un hada para tu cuento.

—Pero ¡espera! Una noche el hada le dijo a Mameluco: "Mira, está bien que cantemos, pero quien canta habla dos veces. Un día, cuando seas más grande, encontrarás a una señorita que tendrá el pelo crespo y los ojos pardos, como la que tienes ahora frente a ti, ella hará tu otra voz. Por mientras, ella esperará y crecerá al igual que tú, iluminando los lugares que serán de ambos". Durante muchas noches, Mameluco y su hada siguieron cantando.

»Cierto día, los papás de Mameluco le avisaron que tendrían que irse a vivir a otro país y no podrían llevar nada de su casa con ellos. Mameluco quiso contarle a su hada, pero cuando ella dormía no estaba en ninguna parte, y no pudo hallarla.

»Esa noche, como todas las otras, su hada salió a cantar con él; como no lo encontró, volvió a dormirse. Siguió saliendo al caer el día, esperando encontrarse otra vez con Mameluco.

—Pero esa es una historia triste.

—No, porque las promesas que hacen las hadas al final se cumplen.

—Se cumplen.

—Se cumplen.

En la calle se escuchan varios bocinazos.

—Es el timbre de este piso.

—Sí, debe ser para ti.

Acercándose a ella, mete sus manos por debajo de la polera.

—Te tienes que ir.

Viaje de regreso

—¿Todavía ves a tus amigos del colegio? —preguntó ella.

—No, la verdad es que cada cual anda en lo suyo y no queda tiempo.

Le ocultó que ya no lo invitaban a sus asados o fiestas, casi todos estaban casados y tenían hijos. Los matrimonios jóvenes se juntaban entre ellos y no había espacio para gente sola. En tono de broma, le decían que se despegara del pasado, consiguiera una pareja, tuviera hijos y volverían a tenerlo como amigo. No era necesario entrar en detalles, ella hacía preguntas inevitables en un encuentro después de muchos años, era probable que hablasen de las familias y sus trabajos. Al igual que ella, pretendería estar interesado, llenaría por un rato el aire de palabras y recuerdos hasta desembocar en ellos.

Al rato se sintió un poco más alegre con el trago y le contó cómo había tratado de llamarla, marcando primero su antiguo número de seis dígitos. Ella se rio y dijo que no eran tan viejos como para que todo hubiera cambiado.

—Eres muy divertido. —Inició un gesto de brindis con su cerveza.

—Lo peor de todo es que es verdad. —Acercó su vaso casi vacío al de ella.

—Nosotros nunca nos llevamos mal.

—No, no tan mal, pero siempre te quejabas de que era muy celoso.

—Sí, es verdad, pero eso ya pasó.

Se quedaron en silencio un rato. Él aprovechó para pedir otro trago y mirar a su alrededor. De otra mesa lo saludaron para invitarlo a que se uniera a ellos, pero se excusó señalándola.

—¿Y sigues escribiendo? —preguntó ella.

—No, tampoco queda tiempo para eso.

—Qué pena. Nunca entendí mucho de lo que escribías, pero era como con sentimiento.

—Bueno, no importa, deben estar metidos en el fondo de una caja que probablemente nunca volveré a abrir.

Las mesas de la terraza estaban ocupadas, la gente agolpada en la vereda miraba hacia adentro, hacia los salones también llenos, esperando sentarse.

Cuando alguien parte, el bar es lo que queda. Y también un cuento hecho para alguien que jamás lo leerá, la ilusión de un encuentro porque no se tiene más que eso, en esta noche, en este mundo tan ajeno a lo narrado yendo y viniendo sobre el papel. Los cigarrillos sobre la barra, el vaso vacío y con ganas de pedir otro, los ojos puestos en la hoja como hacia un espejo que lleva a un mundo que hay que ir escribiendo y que, en el mejor de los casos, se convertirá en un objeto llamado libro, un montón de hojas llenas de manchas de tinta seca que con tanta facilidad podrían transformarse en cenizas.

Después del trabajo se ha dejado caer en el bar donde encuentra a sus amigos, amigos que no lo son tanto, sino que vienen de otras noches, cuando borracho se sienta en cualquier lugar e invita a todos un trago. Se puede pasar la vida entera allí, aunque nadie se quede tan tarde como él y deba emigrar a otras mesas, estando con todo el mundo sin estarlo de veras. Pide un trago tras otro mientras sus amigos de esa noche ríen. Una vez ebrio empieza a recordar, recordar como si todo llevara siempre a lo mismo. Se siente extraño por ello y el alcohol lo mantiene aferrado a esa sensación. El ruido de voces que hablan sin cesar no lo dejan pensar. Luego un mozo pasa preguntando si quiere otra cosa. Muchas noches ha hecho lo mismo y eso une aquella noche con otras, la distancia entre esa y otras es ilusoria.

Esta noche intenta romper el orden de las noches, deja a sus amigos (que notan su ausencia solo cuando se les acaba el trago) y se sienta a la barra, que sean él, sus recuerdos y el bar como telón de fondo. No puede ser que saque a alguien del olvido así porque sí nomás, pero después se dice que nunca la olvidó y solo ahora puede reconocerlo. Lo malo de esto es que después le dará por escribirlo todo y no podrá detenerse. De todos modos, saca papel y lápiz de su chaqueta y se pone a escribir, dándole la espalda a quien tiene sentado a su lado.

Escribir de ella es un tiempo secreto que nada interrumpe. La noche en que ahora se halla no es muy distinta de las otras. Las micros y los autos siguen pasando por la calle y se hacen sentir adentro. Su antigua imagen desdibujada cobra vida y olvida los días que dejaron de lado el camino de regreso. Siente que entra a un vacío donde el tiempo no transcurre, como si aquello recién hubiera empezado a suceder. Escribe como un recuerdo que se apaga, escribe como un recuerdo que se enciende. Su voz se hace otra para llenar el silencio del interior, mientras afuera hablan y la música no se reúne con esas voces. Toma otro sorbo de su vaso. Es curioso cómo se entrelazan las palabras sin proponérselo, tejiendo una trama tan parecida a…

—Oye, ya que te hiciste tantos problemas, ¿por qué querías hablar conmigo?

—Bueno… —demoró en busca de una respuesta— porque quería saber cómo estabas.

—¿Y? ¿Por qué ahora y no antes?

Cruzaron por su mente muchas mujeres con las que había estado de soledad en soledad, cuerpos tomados que duraban un rato hasta que aparecía su recuerdo y no podía seguir. Todas eran otra cosa y le empezaba a molestar su presencia, se aburría y con lentitud las abandonaba sin llamarlas; si alguna insistía, le devolvía sus regalos para borrar cualquier vestigio de esa efímera pasada por su vida.

—Porque quería volver a verte. —Encendió un cigarrillo.

—Sí, ¿pero por qué? —Ella puso sus codos sobre la mesa.

La miraba un poco de reojo, como si no creyera que estaba sentada frente a él y haciéndole esas preguntas, tan acostumbrado solo a recordarla. Le gustaba tener sus ojos pardos mirándolo de nuevo y su pelo crespo cayéndole sobre los hombros. Al no poder sacarle otra respuesta, ella le contó que estaba sola. Las cosas no eran como antes y había preferido dejar a su pareja de años antes que seguir por seguir.

Él recordó la última vez en su casa. No sabía con certeza cuánto había pasado desde que lo despidió en la puerta, la noche en que todo se acabó, cuando sus labios se rozaron por última vez y él se fue como si recogiera las migas que no lo llevarían de vuelta, a través de calles frías y ajenas que no guiaban a ninguna parte, hasta que ella deshilvanara los días y quisiera que regresara. De ahí en adelante todo fue tratar de olvidar y resignarse a un poco menos de amor en la vida.

La verdad es que poco supo de ella, pero algo en él ahora parece saber. Tal vez solo sean conjeturas y en el fondo nada. Y los personajes nada. Tal vez solo una herida en los recuerdos y un vacío que no es posible llenar. El lápiz sigue transcribiendo, un grito sordo que dice que algo se fue para siempre, aunque sus dobles de papel vuelvan a ser. No es una invocación, solo palabras que reemplazan un recuerdo.

Hace algún tiempo que volvió a verla, de casualidad y a lo lejos, en una mesa del bar en que ahora se encuentra, tan extraña a él, riéndose con gente desconocida. La música trae de vuelta una antigua melodía que nombra tantas cosas que no están. Un mozo dice que es la última ronda de tragos antes de que cierren la barra. Ahora debía venir otra cosa, algo definitivo, un desenlace sin más preámbulos.

—No me hables de tus hombres. —Se inclinó hacia atrás.

—No estoy hablando de mis hombres, te cuento algo que me pasó. —Contrariada, se aleja a su vez de la mesa—. Mira, para que veas, no voy a preguntarte si estás con alguien ahora, aunque me muera de ganas de saber.

—Bueno, entonces tampoco te voy a contar.

Ella intentó cambiar el rumbo de la conversación, que cada vez se parecía más a la última que sostuvieron hacía tanto tiempo.

—Me encanta el maní que ponen en la mesa. —Abrió una cáscara.

—Cómetelo todo, yo no quiero —contestó él, mientras encendía un cigarrillo con el anterior.

—No sé si lo has notado, pero las parejas después de ir a comer o al cine, siempre van a un motel. Mis amigas a cada rato me cuentan que hacen cosas así.

—Las parejas van a un motel porque quieren, no porque fueron a comer o al cine. Y no hables con la boca llena.

Volvieron a quedarse en silencio. No quería caer en su juego y pretender que nada había pasado. Si se proponía algo con él, primero tendría que pedirle disculpas, de ahí verían cómo salían las cosas.

El ruido de las otras mesas crecía como niebla entre ellos. Se escuchaba el pasar de las micros y los autos desde la calle.

—Bueno, pero cuéntame cómo te va en la vida.

—Bien. Me la paso operando y tengo la consulta llena, hace poco compré un departamento y algunos fines de semana voy a la playa.

—¡Sabía que te iba a ir bien! ¿Sabes? —Le sacó un cigarrillo para encenderlo con la vela—. La verdad es que yo también quería verte. Estaba tan nerviosa que casi no vengo…

A esas alturas, molesto como estaba, miraba a las mesas alrededor y apenas ponía sus ojos sobre ella. Todo lo que pudiera decir le sonaba a otros hombres y a abandono.

—Es lamentable que para ti todo lo que pasó entre nosotros se olvide así nomás —dijo con tono sarcástico y acercando sus cigarrillos, que habían quedado del lado de ella en la mesa.

Aunque sonreía, su ceño estaba fruncido y la miraba desafiante, como esperando escuchar algo que confirmara una vez más la ruptura, pero ella solo lo miró.

Un mozo se acercó a la mesa y preguntó si querían algo más. Él pidió otro trago.

—¿Sabes? Así es muy difícil hablar contigo.

—Bueno, nadie te obliga a hacerlo —respondió él.

—No sé si pueda soportarlo más rato.

—No tienes por qué hacerlo.

—A veces puedes ser muy desagradable…

—Estoy de acuerdo contigo.

—Necesito que aclaremos esto.

—Perdón, ¿aclarar qué?

—Estos malentendidos.

—No creo que esté entendiendo nada mal.

—Bueno, voy al baño. Cuando vuelva, mejor vamos.

Ella cruza entre la gente, sortea las mesas, se interna por el bar hacia el interior del cuento, mientras afuera él todavía busca un desenlace que nombre lo que fue y ya no será.

No era verdad que ella volvería. No era verdad que no iba a volver. Pero la noche seguía fluyendo y nada podía hacer para recuperarla.

Escribe al final de la hoja como si el cuento de alguna manera debiera desembocar en ello, como si fuera un buen final y no su realidad que se mezclaba con el texto. Así como estaba escrito no servía para nada, le daban ganas solo de seguir tomando. A ella parecía que le importaba lo que pasaba ahora. A él le importa más alcanzar lo que fue antes.

La noche sigue y sigue fluyendo, ya no venden tragos y en la barra no quedan clientes. Se pone de pie y sale del local antes de que el mozo vaya a sacarlo. Camina bajo el techo de plátanos orientales, no le alcanza para un taxi. Los pájaros se contestan de un árbol a otro y el sol todavía no asoma por la Cordillera.

Camina rápido como en busca de algo que puede perder en la noche, en esa noche que baja todas las cortinas de los negocios a su alrededor, y se queda en un largo pasillo sin retorno.

Las migas volvían a desaparecer en la calle, las migas que un pájaro acariciado con la mirada se había comido antes de emprender el vuelo.

Se dice en su mente, sabiendo que lo olvidará sin anotarlo.

Entra a su departamento, llega al dormitorio y se tira sobre la cama. Hay una ruma de ropa sucia en un rincón de la pieza y no tiene algo limpio que ponerse mañana para atender pacientes en la consulta. Es tarde, muy de noche, pero debe terminar el cuento. Sabe que si no lo hace, seguirá dando vueltas en su cabeza más allá de esta noche. Aunque nada fuera a pasar y nada pudiera ser cambiado —lo importante no era el regreso, sino el viaje—, *de su chaqueta saca las hojas dobladas. Ella no deja de llegar a su recuerdo y la noche quiere irse. Ella pide que siempre sea de noche, las palabras son sus únicas aliadas para cumplir ese deseo. Una noche que muere a cambio de una que nunca morirá, porque todavía siente que hay un mundo hermoso, aunque sea triste, donde encontrará algo a pesar de todo.*

¿Y cómo terminará? No lo sabe. *¿Cómo saberlo? Pero no busca que el día llegue, quiere crear una noche donde pueda permanecer todas las otras, no una maldita noche de bar que es cualquiera y se llevará todo. Una noche eterna donde lea que el tiempo está detenido para que ella regrese. Y no le duela ir por una ciudad hecha para ninguno, de miradas oscuras y sucias, donde a nadie le importa una mierda lo que sea del otro y todo esté condenado de antemano.*

La noche señala un lugar inalcanzable, él debe ir a su encuentro. Atravesar calles inciertas para regresar al mismo lugar, aunque fuera de tiempo, por decir lo menos, donde alguien espera algo que no pasará, y ese alguien es él. La noche dice nunca y, sin embargo, ha preparado el lugar del encuentro. Y entonces, escribe:

Fue al baño y cuando regresó dijo que se había hecho tarde, tenía que levantarse temprano al día siguiente. Se pusieron de pie. Él pensó que aquello tendría que ser el final definitivo, no lo que había sucedido hacía tanto tiempo.

—Un beso no cambia nada, ¿verdad?

—Verdad. —Ella acercó sus labios al rostro que él inclinaba.

—Un beso no cambia nada —murmuró, mordiéndole la boca.

—Cállate, mejor no lo digas. Estamos aquí y eso es lo que importa.

Pretender que todo estaba bien, pensó él, hacer como si nada hubiera pasado. Eso que le proponía era muy parecido a la primera vez en que nada sabía de ella y, por lo mismo, ninguna historia anterior debía importarle. Tenía que dejarse llevar, seguir el contorno de su cuerpo, hundirse de nuevo en sus rincones, tocar lo que siempre había sido solo de él como si nunca lo hubiera tocado, si se esforzaba un poco en pretender que era así.

—¿Qué pasa? —preguntó ella, cuando no respondió a sus besos.

—Vámonos a dormir.

Lo tomó entre sus brazos para llevarlo hasta su pecho y le acarició el cabello. Quiso creer que sus manos apartaban los días para llevarlo hacia el lado donde estaba esa noche, solo esa noche por sobre todas las otras, y ella —después de tantos otros cuerpos— intentando aliviarlo, como si regresara de un largo viaje que lo llevaba de vuelta de ninguna parte. Quizá así también alcanzaría algo de ese otro mundo, aquel que se quedó para siempre allá lejos y no solo ahora entre los brazos de una mujer, aunque ambas fueran ella. Se pusieron a caminar abrazados bajo los plátanos orientales de la calle nocturna, hacia una hermosa vida que traería nuevos recuerdos.

El mundo que no gira

El sol es nuevo cada día.

Heráclito

En un bar venido a menos de Ñuñoa, sin proponérmelo conocí al único hombre que gira con el mundo. Me había acomodado en la barra para contemplar mi solitaria imagen en el espejo que colgaba detrás del mostrador. En un primer momento no me percaté del hombre sentado a mi lado. Era alguien para mi inexistente, solo al moverse supe que era distinto a una sombra o un objeto del bar. Vi que tomaba un vino que debió ser blanco, enturbiado por pedazos de fruta en el fondo del vaso, le quedaba muy poco en el jarro que lo acompañaba. Como de seguro debe ocurrir en otras ciudades del mundo, en Santiago los borrachos suelen entablar conversaciones con desconocidos y, a muy poco andar, denotan una confianza y pérdida de límites con el espacio propio que resulta bastante incómoda. No es mi estilo seguirle el juego a los que hablan con la lengua enredada y se tambalean en su asiento, pero este extraño personaje me produjo una compasión que nadie pasado de copas me causa. Debo ser justo y sincero al decir que en ningún momento se me vino encima, a pesar de los gestos grandilocuentes que a veces hacía con las manos. Ni siquiera me miró directo a los ojos, solo me fue envolviendo con lentitud en su monólogo persistente.

—El planeta gira y gira, los días se suceden unos a otros, la noche sigue al día y el día a la noche en este pequeño planeta perdido en la oscuridad del tiempo, suspendido en la soledad del espacio. Pero para los seres de este planeta, el mundo no gira, el mundo tiene pasado y futuro, pero no movimiento. Creen que un día es igual a otro, confunden las mañanas creyendo que todas vuelven. Han olvidado que entre todos construyen el nuevo día que será igual a otro, en una secreta complicidad determinan que las cosas sigan siendo como son. Y esperan, esperan que las cosas perdidas vuelvan. Están embrujados por el recuerdo, no hacen más que repetir historias, aunque no vengan al caso. Este planeta está habitado por antiguos recuerdos fantasmagóricos que tienen tomada a la gente. Y sin embargo, mientras el planeta gira, el mundo de las personas no.

»En una noche espléndida se me reveló el secreto. La oscuridad duraba más de lo habitual, como si la noche nunca fuera a terminar. Esperaba que amaneciera. Ya se sabe, el dolor por la separación… Ah, no le había dicho que mi mujer me dejó, una tragedia de esas, ni siquiera lo preví, un día llegué a casa y ya no estaba, y no estaría nunca más, así de simple. Entonces la soledad se abrió como un gran abismo por delante, de pronto me di cuenta de que había estado inmerso en mis pensamientos durante una eternidad. La noche duró para siempre en ese lapso en que prolongaba mi sufrimiento, hundido en mis recuerdos. Asomado a la ventana, la noche no quería irse. Entonces, como suelen decir los periodistas que quieren agrandar la noticia, descubrí el gran secreto que esconde el universo: el mundo gira, se renueva y es nuevo cada día.

»Claro, los más sapientes podrán decirme que eso fue dicho por Berkeley, que Schopenhauer también dio un veredicto parecido, pero lo plantearon de otra manera: que en el fondo, al despertar nos ponemos de acuerdo para reconstruir el mundo que conocimos antes. Si uno lo desmenuza bien, en pequeños pedacitos de pensamiento, así se entiende que todavía estaríamos en el pasado, nunca habríamos salido de la prehistoria si hiciéramos que siempre amaneciese el mismo día conocido para todos. En ese caso habría que pensar cómo se entrelaza el día de uno con el de los otros, porque muy distinto recuerdo el día anterior al que ellos recuerdan, y lo que reconstruimos juntos puede resultar algo por completo grotesco y deforme. No sé, una calle de hermosos ramajes de acacias por donde pasaba cuando niño y cuyos recuerdos comparto con quienes pasamos por ahí, cierta mirada de una muchacha que me hubiera gustado ver toda la vida y que, sin embargo, ya no está, por más que intente recordarla en el nuevo día que quiero reconstruir.

Sin ánimo de contradecirlo, y por lo mismo sopesando las palabras, le dije que Borges había trabajado esos temas —en términos literarios, claro está— y que, en el fondo, eran formas milenarias de filosofar acerca del origen del universo. Me parecía muy interesante, estimulante y ameno, sobre todo en estos tiempos en que solo se hablaba de fútbol, política, pandemia y farándula. No se enojó ni nada por el estilo, pero puso los codos sobre el mostrador y cruzó las manos bajo el mentón para responder de manera enfática:

—Usted cree que son juegos de la imaginación y teorías añejas resucitadas como modo de entretención. No, esto lo he constatado desde el día en que tomé conciencia de ser el único despierto entre los hombres. Por darle un ejemplo: ¿por qué cree usted que ocurren los accidentes? Se lo diré: porque la gente piensa que las cosas permanecerán donde estaban, que todo sucederá como estaba previsto, y no es así.

Por eso digo que el mundo está embrujado por los recuerdos, los pobrecitos como usted confían con ingenuidad en que las cosas seguirán siendo como fueron. Las personas saben que la Tierra da vueltas, pero saberlo no cambia nada y actúan como si el sol fuera una ampolleta que se enciende y apaga a su antojo y solo para ellas. El mundo no gira para nadie más, nadie se da cuenta de que el mundo empieza de nuevo cada día, hay que volver a descubrirlo.

Esa noche, impulsado por el calor sofocante del verano y después de largas horas escribiendo un cuento —sobre un viejo que vuelve a juntar a su antigua banda de *rock* para cumplir con su sueño de adolescente—, salí del departamento por un trago. Es cierto que me repelía el mal aliento de mi compañero casual de copas, su aspecto descuidado y el vacío de sus ojos que jamás puso sobre mí, como si no hubiera nadie más que él en aquel lugar. Sin embargo, comprendía al tipo, estaba solo en el lugar donde vivía sufriendo por la partida de su mujer y sin posibilidad de buscarla, entendía la frustración acumulada, la pena y rabia contenidas, tal vez pasó noches enteras sin dormir dándole vueltas al mismo asunto. De pronto, encontró la válvula de escape: dejar una cuña abierta para que la soledad saliera, mitigando el dolor por medio del olvido, la sensación de ser un náufrago en medio de la ciudad creyendo que era el único en sintonía con el universo, el observador privilegiado de un eterno nuevo día. Y con el ánimo exacerbado, después de semanas de probable aislamiento, salía a proclamar la buena nueva. Era probable que al principio fuera blanco de burlas, seguro lo tildaron de loco y excéntrico, lo cual contribuyó a que ahondara en su resentimiento y en la certidumbre de que estaba en lo cierto, en la senda correcta, separado del resto por arte y magia de una extraña clarividencia. Pensé que a lo mejor después empezó a frecuentar solo bares, uno de los pocos lugares donde uno todavía se da el tiempo y permiso para escuchar a los desconocidos, donde estamos un poco más relajados y no ponemos tanta distancia alrededor. En el fondo entendía su iluminación, desde la ruptura matrimonial estaba solo, más solo que nunca y esa era quizá una manera de regresar al carril abandonado, al monótono rebaño, entablando conversaciones con extraños acerca de sus creencias, aunque con ello confirmara lo de excéntrico y loco.

—Lo descubrí por la separación, no tenía que seguir viviendo así. Mi vida se arruinó por completo. Nunca he sido de muchos amigos ni de visitar a parientes, mi mujer era lo más cercano que tenía. Y ya no está, se acabó, no recuerdo los días en que fui el marido de alguien, es como una historia que cuento sobre alguien que pude ser yo, o tal vez no, no sé si me explico. Mañana me puedo llamar de un modo por completo distinto y le aseguro que nadie se dará cuenta, ya que es un nuevo día después de todo. Solo gracias a los recuerdos mantenemos lo que hasta ahora creíamos como la única posibilidad de mundo.

»Es cierto, luego de la separación me puse a tomar. Entre errores y ausencias me despidieron del trabajo, así que no tuve que seguir siendo el prestigioso médico que era. Mis hijos me dieron la espalda, tampoco los tengo para que me obliguen a nombrarlos y recordarlos de la misma forma cada vez que los veo. Usted mismo, si mañana viene a este bar, creerá que soy el que conoció ayer, pero le aseguro que seré otro y no lo reconoceré, aunque hablemos de lo mismo.

»Estoy contento, soy el único hombre que gira con el planeta, me he salido del embrujo de los ciclos en que vive la gente. De niño siempre tuve la sospecha de que era distinto al resto, pensaba que grandes hazañas me deparaba la vida. Pero como la mayor parte de las personas, caí en el hábito, el hastío y la indiferencia, pronto no me importó más que mi trabajo, mi mujer y los pasatiempos y placeres mediocres tan típicos de los asalariados.

"Siempre he sido un gran trasnochador, más por el insomnio que por tener aficiones nocturnas. Una de esas noches presentí que algo distinto estaba por ocurrir. La oscuridad estaba cargada de un extraño silencio, un silencio donde nada podía existir. Era como si se hubiera abierto una ventana directo al espacio desde mi casa. Sentía que contemplaba la inmensidad del universo desde el pequeño y modesto lugar que me estaba reservado. Miraba los astros flotar a mi alrededor, en ese momento supe que el primer día del universo era igual que el último. En el universo todo era eterno y, a la vez, el principio. Todos los tiempos estaban contenidos en un solo instante y, a su vez, ninguno lo estaba.

»Por eso sé que nada es como es, las cosas pueden ser de cualquier otro modo.

Sabía que estaba borracho y desvariaba, era seguro que se debía al dolor de la separación, pero no pude contener el deseo de interpelarlo otra vez, ahora un poco molesto por el tono profético y petulante que había adoptado, quise poner en jaque la casa en el aire que había construido con tanto esmero. Le pregunté, ya que uno nunca vuelve a ser el mismo y cada día es nuevo, ¿cómo sabría al día siguiente lo que me contaba en esa ocasión? Es más, ¿cómo guardaría el conocimiento de lo que decía en ese momento, si no iba a ser el mismo otra vez?

Se contuvo de hablar durante un rato, giró en su asiento y miró hacia las mesas a nuestro alrededor y a la puerta del local. Parecía que por fin lo había puesto en aprietos, como si hubiera adoptado la máscara de los hábitos y los días repetidos, ocultando de nuevo lo efímero del tiempo, el espacio y la existencia. Sentí lástima y le invité otro trago, uno de esos jarros ordinarios de vino barato con frutas que antes había pedido. Dejé que tomara un poco y, para no ser descortés y desconsiderado con un pobre diablo tan solo en el mundo —acaso en el universo—, lo acompañé a una última copa.

—Usted tiene razón, hay algo que guardamos para nosotros, algo que jamás es lo mismo, pero que nunca deja de ser, como un bosque o un río. No sé qué es. Mañana será otro día y no importará... ¿Sabe? Mi mujer siempre decía que hablaba demasiado, que no siempre las cosas que contaba tenían sentido; a la larga, de tanto escucharme encontraba una que otra cosa valiosa en mis palabras. La única que me conoció fue ella, y se ha perdido de forma irremediable y para siempre. No tengo a nadie y lo he olvidado todo. Por eso soy el único hombre que gira con el mundo, porque estoy libre de los recuerdos y de los demás.

Fragmentos de una novela inconclusa

Lo que nunca me abandonó fue la sensación de incertidumbre y azar en cada paso dado, convirtiendo mis precarios días en un perpetuo estado provisorio. Quizá por eso pedí un traslado de Santiago a un hospital de Valparaíso, buscando un lugar más propicio para un nuevo comienzo, lejos de los desastres y equívocos que me habían acompañado en la capital, deseando el fin de la larga noche en que había estado sumido, para que al final, y después de tantas jornadas malgastadas, apareciera un nuevo día. Las cosas no siempre resultan como uno quiere —casi nunca en realidad— y aquello que se ha dejado de lado de mala manera vuelve o, si se quiere, sale a buscarlo a uno hasta que lo encuentra, adondequiera que vaya.

Tuve esas divagaciones luego de que los estremecedores eventos de la noche habían transcurrido, mientras aguardaba el amanecer sentado en la terraza. No al comenzar la tarde en que volví contento del hospital a mi refugio recién estrenado en cerro Alegre, una típica casona vieja por fuera, con fachada de latones medio oxidados, aunque remodelada por dentro con espacios amplios, vigas de roble a la vista y piso flotante. Además, tenía una magnífica terraza con vistas a la bahía, la disfrutaba como si saliera de veraneo cada vez que volvía del trabajo. También había arrendado una consulta, pero aún no contaba con tantos pacientes, podía irme temprano a sentar en la terraza, contemplando con tranquilidad el pasar de las tardes.

Me acomodé con un vaso de *whisky* frente a la bahía. Unos cuantos barcos descargaban sus contenedores y otros permanecían anclados más allá en el mar. Había adquirido la costumbre de encender la tele apenas llegaba, no me daba ni cuenta de ello, un hábito de hombre solo que no lo ha sido siempre y necesita de un poco de ruido para pensar, para que la vida fluya de forma más cotidiana sin que moleste tanto la soledad. No le prestaba atención, era como alguien que habla a lo lejos, pero que no espera respuesta, entre las gaviotas y uno que otro intercambio de palabras en los patios aledaños.

Cuando fui a servirme el segundo *whisky* de la tarde, le eché una rápida mirada al televisor. Daban una noticia de última hora con una nota desde los Tribunales de Justicia, entrevistaban a un abogado que acostumbraba a defender a militares por delitos durante la dictadura y decía, como en tantas otras oportunidades, que su defendido era inocente hasta que se probara lo contrario.

Nada nuevo bajo el sol, pensé, todavía no se ha visto a nadie dando la cara por las atrocidades ocurridas en nuestra historia reciente. Fui hasta mi improvisado bar sobre el mesón de la cocina —una bandeja llena de botellas—, saqué un par de hielos y me serví otro trago.

Al pasar otra vez delante de la tele, contemplé la escena de un tipo gordo a quienes unos policías de civil bajaban de un avión. Como en señal de dudable triunfo, el tipo levantaba los brazos y sonreía a las cámaras. Acostumbrado a no sorprenderme de nada, con desgana me quedé parado viendo las imágenes sucederse. El periodista decía que aquel sujeto había sido apresado cuando intentaba huir del país, quedando detenido en el comando de telecomunicaciones. Al prófugo de la justicia apodado el Guatón Vargas, buscado con intensidad por la policía desde hacía años. El periodista continuaba relatando que era sindicado como el autor de varias desapariciones de personas, y otros tantos declaraban ser sus víctimas de tortura. Era una noticia en desarrollo y las escenas se sucedían sin orden claro, mezcla de fotografías viejas e imágenes de la detención. De manera extraña, los policías se mostraban un tanto benevolentes en el modo de apenas sostener sus brazos, yendo un paso más atrás del apresado. En el instante en que pasó junto a los periodistas que cubrían la noticia, se zafó de ellos, acercándose de manera peligrosa a las cámaras y micrófonos para declarar a viva voz que volvería a hacer lo que había hecho, y decir que sentía lástima por no haber acabado con todas sus víctimas; si los generales hubieran actuado como les aconsejó, no estaría en la situación en que se encontraba.

Lo conocía —lo presentí antes de que dijeran su nombre—, pero de otro modo y en otras circunstancias. Iluso, creí que el daño que me había infringido era grande, pero aquello superaba cualquier comparación. Recordé el día en que cayeron las máscaras y vimos, en toda su magnitud, en qué nos había metido: la ilusión a flor de piel creyéndolo un enviado del cielo que llegaba para salvarnos del aburrimiento y la monotonía en que se habían convertido nuestras vidas; de pronto, el golpe sordo que no vimos venir y la inocencia por siempre perdida, la verdad sobre una persona en quien confiamos y a quien defendimos frente a injustas acusaciones. No importaba aquello, era cierto, o por lo menos no tanto como antes. El tiempo había hecho de tal naufragio otra banal anécdota de la vida, pero ¡cuánto importó en aquel entonces! Sin embargo, el engaño lo sentí doble: el propio, muy evidente, por haber creído en alguien que resultó ser distinto; y el engaño de todos, quizá más importante, porque si bien aquel sujeto horroroso empezaba a cumplir sus días de confinado, en su fuero interno seguía libre, al jactarse con insolencia de los horrores cometidos, al demostrar que no sentía arrepentimiento por lo que había hecho. En su torcida mente, seguía libre.

La noticia repitió las escenas y palabras dichas, hasta que sonó mi celular. Tomé un largo sorbo del vaso antes de contestar. La voz era conocida, pero no la situaba en un rostro. Se hizo un silencio en ambos lados de la línea, pero como un lento sedimento que se posa en algún fondo, comprendí que era mi última exmujer. Me había llamado otras veces para hablar con cordialidad de pensiones alimenticias, colegiaturas y otras conversaciones formales que duraban lo estrictamente necesario.

—¿Podemos hablar? ¿No te interrumpo? —Dio la impresión de que su llamada esa vez era por otro asunto.

—No, para nada.

—¿Cómo estás?

—Bien, no me puedo quejar.

Hacía algún tiempo me había dado cuenta de que el sentimiento de soledad me acompañaba desde mucho antes de conocerla, quizá desde siempre. La separación solo había contribuido a hacerlo visible.

—¿Y? ¿Cómo estás tú? —No sé si pregunté por cortesía o porque no se me ocurrió otra cosa.

—Sola, cada vez más sola en esta ciudad.

No entendía bien el sentido de la inoportuna llamada. Me sentía confundido y con rabia contenida por la noticia que recién había escuchado, así que le prestaba poca atención. Tal vez la llamada fuera la expresión de un dolor crónico en su fuero interno y una conversación de rutina con las sombras del pasado, o un súbito extrañamiento por alguien que se tuvo a mano tanto tiempo y no estaría más.

—Nunca pensé que te fueras a ir —dijo—. Me daba seguridad saber que estabas ahí, aunque no nos viéramos.

—No será para tanto, estoy cerca, muy cerca.

Miraba de vez en cuando la pantalla de la tele. La programación había regresado a su curso normal y se alternaban pedazos de alguna teleserie con largas tandas de tediosos comerciales. Ni rastros de la noticia que me remeció. Pensaba que aquello era una pequeña muestra de lo que vendría después: aunque fuera la peor atrocidad que se hubiera cometido, pasaría al olvido y el mundo seguiría girando como si nada.

—Quisiera saber si puedo llamarte de vez en cuando, si alguna vez puedo ir a verte.

Habían transcurrido un par de años desde la separación, momento en que abandoné la casa para arrendar un departamento cerca de mi consulta. Descubrió que la engañaba, pero nunca sentí que fuera un daño que le hacía, sino que los días monótonos, la rutina y la soledad terminaron por socavar el amor.

Miré la cama sin armar de la noche anterior, la ropa sucia amontonada en un rincón, los libros apilados sobre el velador, la guitarra acústica apoyada en la pared. No sé en qué momento renuncié a buscarla, solo puedo decir que dejó de existir como un sueño. De pronto desperté y estaba de nuevo solo, aunque siguiéramos juntos.

—Claro que sí, puedes venir a verme.

A pesar de lo que había pasado, alguna vez después de la separación la busqué, nos buscamos. No lo recuerdo con certeza y, como una última complicidad de la pareja que fuimos, nos tratamos mal. Era esperable que me recriminara lo sucedido, y que volviera a alejarme de ella de la noche a la mañana sin ninguna explicación.

—Todavía te quiero —dijo ella—, no sé qué pasó entre nosotros.

El atardecer se apagaba sobre la bahía, las luces aún no despertaban. El noticiero central pronto empezaría, pero apagué la tele. Había momentos de antiguas tardes que la traían de vuelta, un vestido suyo transparentándose a contraluz, una mirada que era solo de ambos en cualquier lugar de la casa y me devolvía a la primera vez que la vi, de nuevo despertaba al sueño cómplice que me había llevado hasta ella. Esa conversación parecía ser otra de nuestras complicidades, otro encuentro furtivo a pesar de nosotros mismos.

—Tampoco sé qué pasó. De verdad no lo sé, solo nos alejamos.

—No te recrimino nada, solo quería que supieras que todavía hay alguien en esta ciudad que piensa en ti.

Hubo un largo silencio. No se me había ocurrido que algo entre nosotros pudiera seguir vivo. Tal vez no había pasado demasiado tiempo, quizá tampoco hubieran ocurrido tantas cosas que separaran. Aunque estaba el sueño roto y los días vacíos a pesar de su presencia. Después de todo había llegado hasta allí para empezar de nuevo, para que el mundo volviera a girar y contemplar por fin un nuevo día, no para seguir atrapado en el pasado.

—Discúlpame… por esto, por todo, no te quiero molestar.

—Está bien —dije—, todo está bien, no es molestia.

—Las cosas siguen tal como antes. No te preocupes, nada ha cambiado.

De repente, cuando menos lo esperamos, algo que no se busca nos atrapa y dejamos que nos lleve sin oponer resistencia. Las cosas que tanto nos pesaban caen y se disuelven, un grito sordo por fin cesa, los ojos miran otra vez todas las cosas, pero de manera diferente.

Removí la máscara acre del pasado y reacomodé el celular en mi oreja. Tomé una larga bocanada de aire que sentí más pura que nunca y, con una voz desahogada, dije:

—Sí, está bien.

—Buenas noches.

—Buenas noches.

Salí a la terraza. Una brisa suave subía desde el mar y las luces de la bahía delineaban la costa y brillaban en todo su esplendor.

www.ingramcontent.com/pod-product-compliance
Lightning Source LLC
LaVergne TN
LVHW091708190726
843493LV00001B/206